Teoria Geral do Esquecimento

遺忘之書

José Eduardo Agualusa
喬塞・愛德華多・阿瓜盧薩——著
李珮華——譯

國際書評讚譽

「儘管《遺忘之書》揭示了飢餓、酷刑、殺戮的場景，並且圍繞著人的『渴望遺忘』開展，然而全書的基調和主軸無非是『愛』……作者賦予了這個安哥拉故事的普世特性，使讀者毫無困難的理解並在其中找到希望。阿瓜盧薩筆下的魯安達宛如蜂巢，沒有人是孤單的，這些角色也讓我們感受到自己與世界深深的連繫。」

——國際都柏林文學獎評審委員會（IMPAC）

在這個以真實事件為本的故事中，安哥拉最具創造力的小說家之一阿瓜盧薩，找到一個完美的故事載體，來檢視自己的國家那段動盪不安的近代歷史……阿瓜盧薩與莫三比克的米亞·科托已然成為葡語非洲最獨特鮮明的聲音。

——《金融時報》（*Financial Times*）

阿瓜盧薩精熟於多種體裁結構，悠遊在間諜小說、田園敘事、內在省思之間轉換自如，同時仍能對角色投入深刻的感情，每個人物的故事都深烙讀者內心，迫使我們反思自己的同理與理解能力。

——《明尼亞波利斯星報》（*Minneapolis Star Tribune*）

安哥拉獨立戰爭後，一名葡萄牙女人決定將自己閉鎖起來，從此與世隔絕。小說讀來宛若馬奎斯與柯慈的綜合體，是令人驚嘆的說故事大師傑作。

——《華盛頓獨立書評》（*Washington Independent Review of Books*）

在安哥拉首都魯安達，一棟豪華大樓的頂樓公寓裡，這名孤獨的年輕女子是誰？她為什麼親手築牆把自己的家封閉起來？她的名字叫露朵……你無法不被憂悒沉思的她吸引。

——《科克斯書評》（*Kirkus Reviews*）

目次

序言

露朵薇卡·費南德斯·曼諾於二〇一〇年十月五日凌晨，在魯安達[1]聖望醫院辭世，享壽八十五歲。薩巴魯·艾斯特瓦·卡皮坦哥交給我十本筆記本的複本，裡面是露朵的日記，寫於她二十八年自我禁閉生活的最初幾年。我也參考了露朵重新踏入世界後的日記，以及視覺藝術家薩加緬度·奈托（薩克魯）拍攝的大量相片，這些影像記錄了露朵在自家公寓牆壁上留下的文字和木炭畫。露朵的日記、詩句和自我省思，使我得以重建她所經歷的悲劇，相信也幫助我了解她這個人。本書多方援用她的第一手資料，然而接下來的內容確實是小說，純屬虛構。

1 Luanda，安哥拉首都和第一大城，位於安哥拉西部大西洋沿岸。

我們的天是你們的地

露朵薇卡從來不喜歡面對天空。年幼時，開放空間便令她異常恐懼，只要離開家門，她就像隻剝了殼的烏龜一樣脆弱無助。六、七歲那麼小的時候，她就堅持無論天氣好壞，若沒有撐一把大黑傘保護，絕不肯出門上學。父母的怒火，同學的訕笑，都動搖不了她。後來情況有所改善，直到發生她稱為「那場意外」的事件。她回想當年原初的恐懼，彷彿自己早有預感。

父母過世後，露朵住在姐姐家。她深居簡出，除了對著一臉無聊的青少年上葡萄牙語課，賺取微薄的收入，此外就是讀書、繡花、彈鋼琴、看電視、做飯。每當夜幕降臨，她會走到窗邊，如臨深淵似的望進夜的闃黑。奧黛特則會厭煩地搖著頭說：

「怎麼啦，露朵？難道你害怕跌到星星裡面？」

奧黛特在中學教英文和德文。她深愛妹妹。為了不讓妹妹落單，她避免出遠門，假期也留在家裡。有些朋友稱讚她無私，有些朋友批評她過分溺愛。露朵無法想像獨立生活，卻也擔心自己成了累贅。她認為她們倆像是肚臍相連的連體雙胞胎。她自己癱瘓無力，奄奄一息，另一半奧黛特迫不得已，必須隨時隨地拖拽著她。奧黛特墜入愛河時，露朵既開心又惶恐。對方是採礦工程師，名叫奧蘭多，他喪妻，無子，來葡萄牙的阿威羅[2]解決一樁複雜的遺產問題。奧蘭多是安哥拉人，老家在卡戴特[3]，平時往來首都魯安達和棟多[4]兩地生活，棟多是他任職的鑽石開採公司掌管的城鎮。奧蘭多和奧黛特相識兩週後，奧蘭多突如其來地在法式糕點店裡向奧黛特求婚。他熟悉奧黛特慣用的理由，料想自己可能遭到拒絕，於是堅持讓露朵跟他們一起到安哥拉生活。次月，他們便入住一間無比寬敞的頂樓公寓，公寓位在魯

---

2 Aveiro，位於葡萄牙西部大西洋沿岸。
3 Catete，位於安哥拉魯安達省的城鎮。
4 Dundo，位於安哥拉東北部的礦城。

安達首屈一指的豪華大樓，人稱「豔羨之樓」，裡面住的都是令人羨慕眼紅之人。

那對露朵來說是一趟艱難的旅程。在鎮靜劑的作用之下，她呻吟反抗，恍恍惚惚的離開家門，整趟飛行都在昏睡。翌晨醒來，她發覺生活與過去並無太大不同。奧蘭多擁有價值非凡的藏書，成千上萬冊的葡萄牙文、法文、西班牙文、德文書籍，幾乎囊括所有最偉大的世界文學經典。如今露朵可以翻閱的書變多，可用的時間卻少了，因為她堅持辭退兩名女傭和廚子，一肩扛起所有家務。

一天傍晚，工程師小心翼翼地帶著一個大紙箱回家，把箱子遞給小姨子：

「露朵薇卡，這送給你，讓你有個伴。你太常一個人在家了。」

露朵掀開箱子，一隻剛出生的白色幼犬一臉驚惶地望著她。

「牠是德國牧羊犬，公的。」奧蘭多說明。「德國牧羊犬長得很快，這隻是白化狗，相當罕見，要避免過度日晒。你想幫牠取什麼名字？」

露朵毫不猶豫地說：

「幽靈！」

「幽靈？」

「沒錯，牠一身白，就像幽靈一樣。」

奧蘭多聳聳瘦削的肩膀。

「好吧，那就叫幽靈了。」

客廳裡，有一道優雅但顯得時代錯置的鍛鐵樓梯，繞著緊密的螺旋向上通往露臺。到了露臺，可以望見大部分的城區、海灣，以及被稱為島區的海角。遠方，是杳無人跡的綿長海灘，海浪拍岸，猶如綴上細緻的花邊。奧蘭多將露臺空間打造成花園，茂盛的九重葛花叢在粗磚地上搭出芬芳的淡紫色涼蔭，角落種有一棵石榴樹和幾棵香蕉樹，來訪的客人經常為此驚呼：

「奧蘭多，這是香蕉？我是在城市裡的花園，還是農場後院呀？」

此時工程師往往會惱火起來。香蕉樹令他想起兒時的遊樂場，一個用泥磚牆圍起的大院子。倘若他真能完全隨心所欲，他還會多種幾棵芒果樹、歐楂樹，以及很多木瓜樹。下班回家後，奧蘭多會坐在那裡，手邊擺一杯威士忌，嘴裡叼著點燃的黑雪茄，凝望夜色將城市征服。這時幽靈會待在他身邊，這小傢伙也愛露臺。倒是露朵拒絕上去，最初幾個月，她甚至連窗邊都不敢靠近。

「非洲的天空比我們那裡大多了。」她向姐姐解釋。「大得好像會把我們壓垮。」

一個晴朗的四月早晨，奧黛特從學校回家吃午餐，整個人顯得既亢奮又害怕。首都爆發了騷亂。那天奧蘭多人在棟多，夜裡返家後，便和妻子關在臥房裡。露朵聽見他們的爭執聲，奧黛特想盡快離開安哥拉：

「那些恐怖分子，親愛的，恐怖分子……」

「恐怖分子？以後不准在我家用這個詞。」從不大呼小叫的奧蘭多壓低嗓子，聲音有如一把利刃抵住對方的喉嚨，嚴厲地說：「這些所謂的『恐怖分子』是在為國家的自由戰鬥。我是安哥拉人，我是不會走的。」

動盪的日子來臨了[5]。示威、罷工、造勢集會不斷，街上群眾的笑聲如煙火般

5 葡萄牙發生康乃馨革命後，新政府實行非殖民化政策，將安哥拉的權力移交給安哥拉三黨聯盟：安盟、安解陣、安人運，但聯盟迅速瓦解。一九七五年，安哥拉脫離葡牙殖民統治宣告獨立，同年內戰爆發，南非和美國支持安盟和安解陣，蘇聯和古巴支持安人運。戰爭至二〇〇二年安人運獲勝為止，時間長達二十七年。內戰死亡的人數超過五十萬，約四百萬人流離失所。

衝上空中爆開，露朵只好將窗戶緊閉，以免聲音傳進屋裡。奧蘭多的父親是來自葡萄牙米尼奧省的商人，世紀初來到卡戴特定居，奧蘭多的母親是魯安達的麥士蒂索人[6]，在分娩中過世，因此奧蘭多從不費心經營家族人脈。儘管如此，此時卻有一位名叫維多里諾．加維昂的表弟找上門來。他先前在巴黎待了五個月，成天就是買醉，跟女人廝混，或者謀劃大計，在餐巾紙上寫詩。他混跡的小酒館正好有許多葡萄牙與非洲的海外流亡人士光顧，他也順道沾上幾分革命分子的浪漫光環。維多里諾暴風似地闖進來，把書櫃裡的書、櫥櫃上的玻璃杯弄得一團亂，讓幽靈焦躁不安，只見狗保持著安全距離，追著他狂吠咆哮。

「同志們想見你，你真好樣的啊！」維多里諾大聲嚷嚷，用拳頭使勁敲了奧蘭多的肩膀一下。「我們在籌組臨時政府，很需要人才。」

「你說的或許沒錯。」奧蘭多坦言：「但事實上我們人才濟濟，缺少的是冷靜理智的頭腦。」

6 Mestiza，歐洲人（特別是西班牙人）和美洲印第安人混血的拉丁美洲民族。

他停頓片刻，收斂音量說道，確實，他可以為國家貢獻自己的經驗，但是他對這場運動根本上的極端主義傾向感到擔憂。他明白擴大實現社會正義的必要性，但那些揚言將所有財產收歸公有的共產主義者令人心驚。徵收私有財產。驅逐白人。打斷所有資產階級的門牙。他，奧蘭多，對於自己迷人的笑容相當引以為豪，他可不想裝假牙。表弟笑了，暗忖肯定是因為當前氣氛熱烈，兩人激動話多了。他稱讚奧蘭多的威士忌，並給自己又倒了一些。然而對姐妹倆而言，令人心驚的是這位頂著吉米·罕醉克斯[7]的蓬鬆爆炸頭，花襯衫前襟敞開，露出汗濕胸膛的表弟。

「他講話跟黑人一樣！」奧黛特語帶責難。「而且他很臭。每次他過來，整個家都會被汙染。」

奧蘭多勃然大怒，砰的甩上門離去，等到傍晚回來的時候，他整個人清醒了些，也更尖銳了，猶如一叢多刺的灌木。他帶著一包菸和一瓶威士忌上到露臺，幽靈緊跟在旁，待到夜幕降臨之際才進屋，濃重的夜色、濃烈的酒氣和菸味也一

7 Jimi Hendrix（1942 - 1970），美國傳奇吉他手。

併漫了進來。他拖著踉蹌的腳步，頻頻撞上家具，低聲咒罵這該死的人生。

第一聲槍響昭告了大型餞別宴的開始。當年輕人在街頭搖旗吶喊、性命垂危之際，殖民者宴飲歌舞。他們的隔壁鄰居麗塔決定放棄魯安達，逃往里約熱內盧。臨行前夜，她邀請兩百位好友在家舉行晚宴，狂歡至天亮才散去。

「喝不完的酒都留給你們。」她指著堆滿一箱箱上等葡萄牙美酒的儲藏室，這樣對奧蘭多說。「把它們喝了。重點是，不能有任何一滴留給共產黨慶祝。」

三個月後，公寓幾乎人去樓空。露朵不知該如何安置這麼多瓶葡萄酒、成箱的啤酒、罐頭、火腿、鹽漬鱈片、幾公斤的鹽、糖、麵粉，遑論無以計數的清潔用品。奧蘭多從一位愛好收集跑車的朋友那裡獲贈一輛雪佛蘭科維特、一輛愛快羅密歐GTA，還有另一位朋友乾脆把公寓鑰匙給了他。

「我的運氣果然很背。」奧蘭多向姐妹倆怨道，分不清是語帶諷刺或發自肺腑。「正要開始收集房子跑車，共產黨就找上門，打算把所有東西搶走。」

露朵會轉開收音機，革命的聲音穿透進家裡，一位當紅歌手反覆高唱：「人民的權力是一切亂象的肇因！」另一名歌手則吟頌：「嘿，兄弟／愛你的同胞／

何必看他的膚色／我們都是安哥拉人／安哥拉人團結一心／獨立之日就快來臨。」有些曲調跟歌詞對不上，彷彿它們是從其他年代的歌曲中偷來的，譬如古老黃昏暮光一樣憂傷的民謠。露朵半掩在窗簾後方探出身子，看見一輛輛滿載著男人的卡車駛過，有些人揮舞旗幟，有些人拉布條，布條標語寫著：

完全獨立！

五百年殖民壓迫受夠了！

我們要未來！

每句訴求的結尾都帶著驚嘆號，驚嘆號與抗議者攜帶的開山刀交錯交融，旗幟與布條上也掛著閃耀的長刀。有些人兩手各持一刀，高高舉起，讓手中的刀刃相互敲擊，聲響嘈雜而悽切。

一夜，露朵夢見在城市街道之下，在下城區體面的豪邸底下，橫亙著綿延無盡的地道網，蜿蜒下扎的樹根毫無阻礙地從穿中過。成千上萬的人生活在地底下，深陷於泥淖與黑暗中，仰賴資產階級扔進下水道的東西存活。露朵走在這些人群間，男人們揮舞長刀，敲打刀刃，噪音在地道裡迴盪。其中一人走近，把他髒兮兮的臉湊近葡萄牙女人的臉，露出微笑。他附在她耳邊，以低沉而甜的嗓音悄聲說：

「我們仰望的天，是你們踐踏的地。」

給渺小之死的搖籃曲

奧黛特堅持要離開安哥拉。她的丈夫低喃著冷言冷語回應，說她們想走儘管走。殖民者揚你們的帆，沒有人會挽留。一個循環結束了，新時代即將展開。無論接下來是陽光普照或狂風暴雨，葡萄牙人既不會受到未來的光明照耀，也不必擔心被肆虐的風雨摧殘。工程師越嘀咕越是憤怒，他可以連說好幾小時殖民者對非洲人犯下的罪行，細數那些錯誤、不公不義、寡廉鮮恥的行徑，直到妻子受不了關進客房裡獨自飲泣，他才善罷干休。這就是為什麼獨立前兩天他的舉動令人如此意外。他一回家便宣布：一週後他們人就會在里斯本了。奧黛特瞪大了眼睛問：

「為什麼？」

奧蘭多在客廳的一張單人沙發坐下。他扯下領帶，解開襯衫鈕釦，最後，迥異於平日作風的脫了鞋，把雙腳擱到茶几上。

「因為我們可以。現在我們走得了。」

次日晚上，夫妻倆外出參加另一場餞別宴。露朵讀書、打毛線等門，一直等到凌晨兩點。她懸著一顆心入眠，睡不安穩。七點起床，她披上晨袍，立刻出聲叫喚姐姐。沒人應答。她確信他們肯定遇上什麼災難，又等了一小時，才開始翻找他們的通訊錄。她首先撥電話給努內斯夫婦，也就是前夜舉辦宴會的主人。一名僕人接了電話。他們全家已經離開去機場了。奧蘭多工程師先生與夫人確實出席了宴會，是的，不過沒待太久。他從沒見過奧蘭多先生這麼開心。露朵謝過僕人，掛了電話。她再次翻開通訊錄。離開魯安達的友人名字都被奧黛特用紅筆劃掉，剩下不多。只有三人接起電話，但沒有人知道他們的下落。其中一位是任教薩爾瓦多柯瑞亞中學的數學老師，他承諾會致電自己的警察友人，一有消息立刻回報。

幾個鐘頭過去。槍聲響起。首先是零星的槍響，緊接著數十次自動槍械猛烈的劈啪聲。電話鈴響。說話的是一位感覺很年輕的男人，操著聽起來出身良好的里斯本口音，說要找奧黛特老師的妹妹。

「發生什麼事了？」

「小姐，別緊張，我們只是想要那些石頭。」

「什麼石頭？」

「你很清楚我指的是什麼。只要交出珠寶，我以名譽擔保，絕對不再找你們麻煩。你和你姐姐都會平安無事，想要的話，馬上就能搭下一班飛機回你們的大城市。」

「你對奧黛特和我姐夫做了什麼？」

「那老傢伙做人不太負責。有些人就愛誤把愚蠢當勇敢。我堂堂一個葡萄牙軍官，可不喜歡別人跟我耍花招。」

「你把她怎麼了？你對我姐做了什麼？」

「我們的時間不多，這件事能不能圓滿收場，就看你了。」

「我不懂你在說什麼，我發誓我真的不知道……」

「聽好，你想再看到你姐姐的話，就給我乖乖待在家，休想通風報信。等事情稍微平靜下來，我們就去你家拿那些石頭。你交出東西，我們就放了奧黛特老師。」

說完他就掛了。夜幕降臨，槍林彈雨劃過天際，爆炸震得窗戶顫響。幽靈躲到一張沙發後頭，低聲嗚咽。露朵感覺天旋地轉，痛苦不堪。她衝到浴室對著馬桶嘔吐，然後頹坐在地，渾身打顫。她一恢復力氣，立刻直奔奧蘭多的書房，這裡她五天才會進去打掃一次。工程師對自己的書桌甚是得意，這件莊重但甚為脆弱的家具，是他從一位葡萄牙古董商那裡購得的。露朵想拉開第一個抽屜，卻開不了。她取來一把鐵鎚，奮力敲了三下，將抽屜劈開。她發現一本色情雜誌，厭惡地推到一旁，底下露出一綑百元美金紙鈔，和一把手槍。她用雙手捧著槍，感受它的重量，輕觸它。這就是男人用來互相殘殺的玩意兒。沉甸甸，黑烏烏的，彷若活物。她將整間公寓翻了個遍，仍然一無所獲，最後癱躺在客廳一張沙發上睡著了。露朵猛然驚醒時，只見幽靈扯著自己的裙角低吠著。海風徐徐，掀起細緻的蕾絲窗簾。虛空中漂浮著星點，寂靜放大了黑暗。此時走廊傳來一陣人聲，露朵站起身來，光著腳走向大門，從窺視孔望出去。外頭有三個男人在電梯口，壓低了聲音爭執著。一人用手裡的鐵撬指向她，應該說指向門，他說：

「有狗！我很確定，我聽到狗叫。」

「你在胡說些什麼，小明戈？」一位矮小乾瘦的男人出聲質疑，他身上的軍隊制服外套太寬又太長。他說：「這裡沒人，殖民者都走光了。快點動手，把那該死的東西給我撬開。」

小明戈走上前。露朵向後退。她聽見敲打聲，便不假思索地還擊，這重重打在木門板上的一記，讓她自己也屏住了呼吸。四下寂靜無聲。然後傳來一聲大喊：

「誰在裡面？」

「走開！」

笑聲響起。同樣的聲音說：

「還有一個人！怎麼啦，阿姨，他們把你忘了？」

「拜託，走開！」

「阿姨，開門吧。我們只是想要屬於我們的東西。你們這些人在這裡偷搶了五百年，我們不過是來拿回自己的財產。」

「我有槍。誰都別想進來。」

「女士，別緊張。只要你交出珠寶和一點錢，我們馬上走人。我們也是有娘的。」

「我不會開門的。」

「好，小明戈，把門敲破。」

露朵奔向奧蘭多的書房。她抓起手槍折返，槍口對準大門，扣下扳機。往後三十五年，她會日復一日憶起開槍的那一瞬間。火藥爆炸的巨響。槍身些微的彈跳。手腕立即的疼痛。

倘若那一刻不曾發生，她的人生會變得如何？

「啊，我中槍了。阿姨，你殺人了。」

「老天爺！兄弟，你受傷了嗎？」

「我們走人，動作快……」

街上傳來槍響，距離很近。槍聲往往引來更多槍聲。有人對空射出一發子彈，很快便會有數十發子彈響應。然而在這個處於戰爭狀態的國家，但凡砰的一聲巨響就已足夠。無論是汽車排氣管故障或火箭炮，什麼都行。露朵走到門邊，看見子彈射穿的窟窿。她把耳朵附上門板，聽見受傷的男人發出微弱的喘息：

「阿姨，我要水，救救我……」

「不行……我沒辦法……」

「求求您，女士，我快死了。」

女人開了門，全身劇烈顫抖著，緊握住槍的手未曾鬆開。只見搶匪坐在地上，支倚著牆，若非一臉濃密烏黑的大鬍子，他恐怕會被當成孩子。那張稚氣未脫的小臉滿是汗水，一雙大眼睛不帶怨恨地注視著她：

「真倒楣，倒楣透頂，我看不到獨立那一天了。」

「對不起，我不是故意的。」

「給我水，我真的好渴。」

露朵面露懼色往走廊瞥了一眼。

「進來吧，我不能把你丟在這裡。」

男人呻吟著把自己拖進屋。他匍匐前行，但倚靠在牆上的影子還在，一枚暗影掙脫了另一汪黑暗。露朵赤腳踏上那影子，滑了一跤。

「老天啊！」

「真是抱歉，奶奶，把你家弄髒了。」

露朵關上門，上鎖。她到廚房拿出冰箱裡的水，倒了一杯，回到客廳。男人迫不及待一口飲盡。

「現在我需要的就剩下一小杯新鮮空氣了。」

「我去叫醫生。」

「不值得的。反正他們也會把我弄死。唱首歌吧，奶奶？」

「什麼？」

「唱歌。唱首歌給我聽好嗎？像棉花一樣柔軟的歌。」

露朵想起從前，父親會哼著古老的里約歌謠哄她入睡。她把手槍擱在木地板上，跪坐下來，雙手握住搶匪小小的手，嘴巴貼近他的耳邊，唱了起來。

她唱了很久很久。

清晨的曙光一把這個家喚醒，露朵便鼓足勇氣，抱起死去的男人。她沒費多大力氣就把他抱了起來，然後挪到外面的露臺。她取來鏟子，在花圃挖了一個窄小的墓穴，四周圍繞著黃玫瑰。

幾個月前，奧蘭多開始在露臺上建造一座小泳池。戰爭爆發，工程被迫中止，工人留下許多袋水泥、沙土、磚塊，全堆在牆邊。女人把一些材料沿著樓梯拖下來，開了大門鎖走到外頭。她開始在走廊砌一堵牆，封住通道，將自家公寓與大樓其他地方隔開。她忙了一整個上午，直到牆築好，水泥抹平，這才感到又餓又渴。她熱了一點湯，在餐桌邊坐下慢慢吃，把一些剩下的烤雞丟給狗。

「現在只剩我們倆了。」

狗上前舔了舔她的指頭。

門邊的血已乾涸，形成一塊深色的汙跡，連著一排腳印通往廚房。幽靈舔舐這些印子，被露朵一把推開。她用桶子裝了水，取來肥皂和刷子，將汙跡徹底清除。完工後她去沖了個熱水澡，正要踏出浴缸時，電話響了，她接起來。

「事情變得有點棘手。我們昨天不方便去取貨，但很快就會過去。」

露朵沒回答直接掛斷。電話再度響起。好不容易消停片刻，她一轉身又開始鈴聲大作，聲嘶力竭、不屈不撓地引人注意。幽靈從廚房裡出來，開始繞著圈子，對每一聲吵鬧的鈴響狂吠。說時遲那時快，牠跳上桌，猛地拍掉了電話聽筒。聽筒狠狠摔落地面。露朵搖了搖黑色的機器盒子，裡面有什麼零件鬆脫了。她露出微笑：

「謝謝幽靈，我想這東西不會再煩我們了。」

外頭的夜晚並不平靜。火箭彈和迫擊砲的砲聲隆隆，汽車駕駛猛按喇叭。葡萄牙女人望向窗外，看見群眾沿著街道湧入廣場，到處瀰漫著一種迫切、義無反顧的狂喜。她把自己關進房，往床上一躺，把臉埋進枕頭裡。她試著想像自己在遙遠的地方，安全待在阿威羅的老家裡，一邊啜飲熱茶、嚼著酥脆的吐司，一邊觀賞電視上的老電影。她做不到。

不走運的士兵

兩個男人極力掩飾著內心的不安，他們鬍子稀疏，披頭散髮，身穿色彩鮮豔的襯衫、喇叭褲，足蹬軍靴。年輕的那個叫班傑明，他一邊開車，一邊大聲吹著口哨。傑雷米亞，綽號「劊子手」，坐在一旁，嘴裡叼著雪茄。他們駛經運送士兵的平板貨車時，車上睡眼惺忪的年輕人向他們揮手，比出代表勝利的V字手勢。兩人也以同樣方式回應。

「古巴人！[8]」傑雷米亞低吼。「該死的共產黨。」

他們把車停在豔羨之樓前，下車。一個乞丐擋住了大樓入口。

8 安哥拉獨後，安人運取得政權，古巴在一九七五年曾出兵支援安人運。

「早安，同志們。」

「你想幹嘛？」傑雷米亞怒斥。「來向白人要錢？那種日子已經沒了。獨立的安哥拉，是非洲社會主義的前線戰場，這裡沒有乞丐生存的餘地，乞丐是要被砍頭的。」

他把乞丐一把推開，進了大樓，班傑明尾隨在後。他們叫來電梯，上到十一樓，卻驚訝地發現一堵新砌的牆擋住了他們的去路。

「搞什麼鬼？這個國家瘋了！」

「真的是這裡嗎？你確定？」

「你問我確不確定？」傑雷米亞面露微笑。他指向對面那扇門。「十一樓E，這裡原來住的是小麗塔。全魯安達最美的腿，最性感的屁股。你不認識小麗塔算你走運。男人眼裡有了她，再看其他女人，怎可能沒有一點點失望和心酸？就像非洲的天空。如果他們逼我離開這裡，老天，我還有哪裡可去？」

「我了解了，上尉，那接下來該怎麼辦？」

「我們去弄把鎬子來，把牆鑿開。」

他們又進了電梯，下樓，只見乞丐在原地等著，身邊多了五個荷槍實彈的男人。

「蒙特同志，就是他們。」

那個叫蒙特的男人走上前。他用一種與瘦小身材截然相反，堅定而充滿權威的聲音對傑雷米亞說：

「同志，可以把你的袖子捲起來嗎？右手袖子。我要看你的手腕……」

「我為什麼要聽你的？」

「因為我像個賣香水的一樣好聲好氣問你。」

傑雷米亞笑了。他捲起袖管，露出一串拉丁文刺青：*勇者天佑*[9]。

「你想看的是這個？」

「正是，上尉。看來你的運氣用光了。再說外面這麼亂，你們兩個白人還敢穿著葡萄牙軍靴逛大街，未免太招搖了。」

9 Audaces Fortuna Juvat，葡萄牙陸軍特種部隊（Comandos）格言，該部隊在葡萄牙殖民地戰爭中主要負責執行反游擊作戰任務。

他轉身面向其中兩名武裝人員，命令他們去拿繩子把這兩個葡萄牙傭兵綁起來。他們把傭兵的雙手縛在背後，推進一輛破舊不堪的豐田花冠。一名武裝人員坐副駕駛座，蒙特開車。其餘人馬乘軍用吉普車殿後。班傑明低垂著頭，臉埋在雙膝間，忍不住流下眼淚。傑雷米亞見了惱火，用肩膀頂了頂他，說：

「鎮定點，你可是葡萄牙士兵。」

蒙特插話：

「別管那孩子了，你根本不該把他帶來我們國家的。至於先生你，你不過是個拿美帝鈔票辦事的婊子，你該感到羞恥。」

「那古巴人呢？他們不也是傭兵嗎？」

「我們的古巴同志們來安哥拉可不是為了錢，是出於信念。」

「我留在安哥拉也是出於信念。我是在為西方文明而戰，對抗蘇維埃帝國主義的威脅。我在為葡萄牙的存亡而戰。」

「胡扯。我不信這套，你不信這套，連你媽也不會相信這套。話說回來，你到麗塔住的大樓做什麼？」

「等等，你認識麗塔？」

「麗塔・柯斯塔・雷斯？那雙腿美極了。全魯安達最漂亮的腿。」

他們愉快地聊起安哥拉女人。傑雷米亞確實喜歡魯安達的女人；不過，他補充說，世界上沒有哪個女人比得上本吉拉的混血女郎[10]。蒙特想到莉姬塔・鮑雷斯，出身莫薩梅德斯[11]望族，一九七一年當選葡萄牙小姐。傑雷米亞表示同意。是啊，莉姬塔，他願意獻上自己的生命，只為早晨能在那雙黑眼珠的注視中醒來。坐在蒙特旁邊的男人打斷他們的對話。

「指揮官，就是這裡。我們到了。」

他們已經遠離魯安達。一堵高牆隔出一片寬闊空地，遠處長著猴麵包樹，再過去便是湛藍無瑕的地平線。他們下了車。蒙特為兩位傭兵鬆綁，然後挺直身子說：

「傑雷米亞・卡拉斯科上尉。卡拉斯科，劊子手？[12]我猜這是你的外號吧。你

---

10 Benguela，安哥拉西部臨大西洋的港口城市。mulatta，指黑白混血女性（男性為mulatto），帶貶意的舊時用語。
11 Moçâmedes，現稱納米貝（Namibe）。
12 Carrasco，葡萄牙文劊子手之義。

犯下數不清的暴行，虐殺數十位安哥拉民族鬥士。我們有些同志想送你上法庭，但我認為沒有必要浪費時間審判，人民早就給你定了罪。」

傑雷米亞笑了：

「人民？胡扯。我不信這套，你不信這套，連你媽也不會相信這套。放了我們，我就給你一大把鑽石，上好的鑽石。你可以遠走高飛，去哪裡開始新生活都行。想要什麼女人，就有什麼女人。」

「多謝，我沒打算離開，況且我唯一想要的女人就在我家。我才要祝你一路順風，到那邊逍遙快活。」

蒙特走回車子。剩下的士兵把葡萄牙人押到牆邊，然後退後幾步。其中一人從腰間拔出手槍，用一種彷彿漫不經心、近乎厭煩的姿態瞄準，然後開了三槍。傑雷米亞．卡拉斯科仰倒在地。天高氣清，飛鳥翱翔。他注意到彈痕累累的染血牆面上，刻了一行紅字：

抗爭仍會繼續。

恐懼的實質

我害怕窗外的東西，害怕突然襲來的風，和隨之而來的響動。我害怕蚊子，害怕無數不知名的昆蟲。我像一隻墜入流水的鳥，一切於我盡皆陌生。我聽不懂收音機送進家裡的，那些外頭的語言，我不明白他們在說什麼，即使聽起來像是在說葡萄牙語。因為他們說的葡萄牙語，已經不是我說的那種了。

即使光線也顯得陌生。

光線太亮了。

有些顏色不應該在健康的天空中出現。

比起外面的人，我跟我的狗更親。

結束之後

結束之後，時間放慢了腳步。至少露朵感覺如此。一九七六年二月二十三日，她在第一本日記裡寫道：

今日無事。我只是睡覺。

睡夢中我夢見自己在睡。

許多樹木、小動物、大群的昆蟲和我一起做夢。我們在那裡演出夢的大合唱，像是一大群人擠在小房間裡，彼此交換想法、氣味和撫摸。我記得自己既是那隻向獵物步步進逼的蜘蛛，同時也是那隻落入蛛網的蒼蠅。我感覺花朵在陽光下綻放，花粉乘著微風飛揚。我醒來，發現自己孤身一人。如果睡夢中可以夢見自己在睡覺，那麼清醒時能否從更清晰的現實中醒來？

一天早上她起床，扭開水龍頭，發覺沒水。她害怕起來。這是她第一次意識到，自己可能會關在公寓裡度過漫長的歲月。她清點儲藏室裡的東西。鹽量無須擔心。麵粉足夠用上幾個月。還有一袋又一袋的豆子、糖包、幾箱葡萄酒和無酒精飲料、數十罐沙丁魚、鮪魚和香腸。

那夜下雨了。露朵撐起傘，帶了許多空瓶、水桶、臉盆上露臺。到了清晨，她把九重葛和裝飾性花卉全數剪去，撒了一把檸檬籽在她埋葬小搶匪的花圃裡，然後用另外四個花圃種玉米和豆子，另外五個花圃種下剩餘的馬鈴薯。園裡的一棵香蕉樹結了一大串果實，她摘下幾根帶到廚房給幽靈看：

「你看，奧蘭多種香蕉樹是為了製造回憶，這些樹卻可以讓我們免於挨餓。至少我不會挨餓，我想你不會太喜歡香蕉。」

次日，水龍頭恢復出水。此後自來水經常時有時無，電也一樣，直到最後完全停了。最初幾週，停電比供水中斷更令她困擾。她想念廣播。她喜歡聽ＢＢＣ和葡萄牙廣播電臺的新聞快報。她也收聽安哥拉當地的電臺，儘管電臺不斷播送的反對殖民主義、新殖民主義、反動勢力的言論令她惱火。收音機本身也是華麗非凡，木質外殼，裝飾藝術造型，象牙按鈕，按下其中一個鈕，收音機便會像城市一樣亮起來。露朵會轉動旋鈕搜尋聲音，聽見法語、英語、不明非洲語言的句子片斷：

……以色列突擊隊救出恩德培[13]機場被劫乘客……

… *Mao Tse-tung est mort* …[14]

… *Combatants de l'indépendance aujourd'hui victorieux* …[15]

13 Entebbe，烏干達城市。
14 法語，意為「毛澤東去世」。
15 法語，意為「獨立戰士今日獲勝」。

… Nzambe azali bolingo mpe atonda na boboto …[16]

此外還有唱機。奧蘭多收藏法語香頌黑膠唱片。雅克・布雷爾、查爾・阿茲納弗、賽吉・雷吉亞尼、喬治・布拉森、李奧・費雷[17]。葡萄牙女人會在大海吞沒光亮之際聽布雷爾。當城市睡意漸濃，她逐漸記不起名字。一小塊日光仍在燃燒，夜色點滴滲透，時間漫無目的地延展開來。夜幕從藍色的天覆上藍色的海面，她的身軀疲憊，困倦壓迫著腎臟。她想像自己是個女王，相信有一個人，在某個地方，像等待女王一樣等待著她。但世界上沒有人在哪個地方等她。城市睡著了，飛鳥

16 林加拉語（Lingála），意為「上帝慈愛，滿有恩典」。林加拉語是班圖語支的一種語言，主要使用地區為剛果民主共和國的西北部、剛果共和國的大部分、安哥拉和中非共和國局部。

17 Jacques Brel（1929 - 1978），比利時歌手；Charles Aznavour（1924 - 2018），法裔亞美尼亞歌手；Serge Reggiani（1922 - 2004），義大利裔法國歌手；Georges Brassens（1921 - 1981），法國歌手；Léo Ferré（1916 - 1993），法裔摩納哥作曲家。

像波浪，波浪如飛鳥，女人還是女人。她實在不確定女人是人類的未來。[18]

一日下午，她被一陣喧鬧聲吵醒。她驚恐地起身，以為家裡就要被入侵。她的客廳緊鄰麗塔．柯斯塔．雷斯的公寓，她把耳朵貼在牆上細聽。有兩個女人，一個男人，好幾個孩子。男人的嗓音宏亮而柔和，很是悅耳。他們在交談，說的是她有時會在廣播裡聽到，那些神祕而富有旋律的語言中的一種，總會有個單詞從連串語句裡蹦出來，像顆彩球似的在她的腦海中來回彈跳：

Bolingô. Bisô. Matindi.[19]

新住戶陸續到來，豔羨之樓開始注入生氣。有從魯安達外圍貧民區來的人，有剛到城市的鄉下人，有最近從鄰國薩伊歸返的安哥拉人，還有真正的薩伊人，

18 原注：「城市睡著了／我忘記它的名字／在河面上／天空的一角在燃燒／城市睡著了／我忘記它的名字……」——出自法語歌手雅克．布雷爾（Jacques Brel）的歌曲〈La Ville S'endormait〉。

19 林加拉語，分別代表「愛，友情」、「吻」、「謝謝」。

這些人都不曾住過這種大樓住宅。一日，大清早，露朵從臥室窗口望出去，發現一個女人在十樓A的陽台小便，而十樓D的陽台上有五隻雞在觀賞日出。樓的後方對著寬闊的中庭，幾個月前它還是停車場。這塊前方與兩側被高聳大樓圍起的空地，如今完全被蔓生的雜草占據，水從中間某個裂縫冒出來，四處漫流，最後隱沒在大樓牆邊的垃圾堆和泥巴裡。這裡曾經是潟湖。奧蘭多喜歡回憶三〇年代，他還是個小男孩的時候，他會來這裡跟朋友在高草間玩耍。他們會發現鱷魚和河馬的骸骨，甚至獅子的頭骨。

露朵見證了潟湖的重生，她甚至目睹了河馬的歸返（精確來說只有那一隻河馬），不過這是許多年後的事了，我們稍後會再道來。獨立之後的幾個月，女人和狗分食鮪魚、沙丁魚、香腸和西班牙辣香腸，罐頭見底就吃豆子湯和米飯。到了這時，整日都沒有電了。露朵開始在廚房生起小火堆。她先燒箱子、廢紙屑、九重葛的乾枝。然後是派不上用場的家具。拆下雙人床架的橫條時，她在床墊下發現一個小皮包。打開皮包，只見數十顆小寶石滾落地面，她絲毫不感意外。床和椅子都燒光後，她開始把地板一塊塊撬開。厚實的木板燒得很慢，燃起的火焰細細的。起初她以火柴點火，火柴耗盡後改用放大鏡，那是奧蘭多端詳他的外國郵票收藏用的。她會等到早上十點左右，陽光灑滿廚房地面的時刻行動。顯然，她只能在晴天下廚了。

飢餓來襲。漫長得彷若幾個月的幾星期裡，露朵幾乎沒吃東西，幽靈吃她餵的麵糊。夜晚融入了白日。她會在醒來時發現狗正以一種狂暴的渴切注視著她，然後她又睡去，仍感受到牠灼熱的吐息。她去廚房拿了一把刀，刀刃最長最鋒利的那把，像佩劍一樣繫在腰間，隨身攜帶。她也會在狗睡覺時俯身湊近。好幾次，她都把刀抵住了牠的喉嚨。

天色轉暗，天色轉亮，只是同樣的虛空，沒有開始也沒有結束。昏曖之際，她聽見露臺傳來吵雜的沙沙響動。她衝上樓，發現幽靈正在吞食一隻鴿子。她邁步走近，決心去分撕一塊肉。狗伸長爪子牢抓地面，對她齜牙咧嘴。牠的口鼻沾滿濃稠的夜闇的血，上面仍黏附著羽毛和肉。女人為之退縮，遂念頭一轉，想到可以設置簡單的陷阱：箱子倒扣過來，搖搖晃晃的斜搭在一根引火柴上，木枝上繫著一根線。陰影裡面，擺了兩三顆鑽石。她蹲伏著躲在雨傘後，等了兩個多小時，終於有一隻鴿子停在露臺上。這鳥醉漢似的，踉踉蹌蹌地小步靠近，又退開來。牠撲打翅膀飛去，消失在明晃晃的天空中。不一會兒牠又回來了。這次牠繞著陷阱逡巡，啄了啄線，總算探進箱子的陰影裡。露朵趁勢把線一拉。那天下午她又成功誘捕兩隻鴿子，煮來吃之後恢復了體力。往後幾個月，她的陷阱斬獲甚豐。

很久沒下雨了，露朵只能用游泳池殘餘的積水澆灌園圃。等到天空低垂的，魯安達人稱為「濛霧」的冰冷雲幕綻開一道裂縫，雨水終於再度落下。玉米拔高。豆子開花結了豆莢。石榴樹上掛滿紅豔的果實。此時，城市上空已鮮少有鴿群飛翔，最後幾隻落入陷阱的鴿子當中，有一隻的右腳套了腳環，腳環上繫著一個塑膠管。露朵把它打開，發現裡頭有一張抽獎券一樣捲起的紙條。她讀著用淡紫色墨水寫的，小而堅定的一行字：

明天六點，老地方。小心點。我愛你。

她把紙條重新捲好，放回圓筒裡。她遲疑了。飢餓啃咬著她的胃。再說，鴿子還吞下了一兩顆鑽石。她剩下的鑽石已經不多，有些太大不適合當誘餌。但另一方面，那張紙條引起了她的好奇。她突然覺得自己有了權力。一對戀人的命運就掌握在她的手中，在純然的恐懼中搏動。她穩穩抓住這長著翅膀的命運，將牠拋回廣闊無邊的天空。她在日記裡寫道：

我在想那個等待鴿子的女人。她不信任郵件——難道現在已經沒人送信？她不信任電話——還是電話也壞了？她不相信人，這是肯定的。畢竟人性從來不是太可靠。我彷彿能看見她握住鴿子，卻不知道在這之前，牠曾在我的手中顫抖。這個女人想逃。她想逃離什麼？分崩離析的國家，令人窒息的婚姻，還是像別人的鞋一樣擠壓你的雙腳的未來？我曾想過自己在紙條加上一小句：「把信差殺了」。沒錯，因為假如她殺了鴿子，就會發現鑽石。所以現在，她讀完紙條就會把鴿子放回鴿舍，然後早上六點去跟那個男人會面。我猜他的個子很高，舉止有度，個性細心體貼。籌備逃離計畫時，他被一股隱隱的悲傷觸動。逃亡讓他成為背棄祖國的叛徒。他將四處漂泊流浪，與心愛的女人相互扶持，但從此以後，他若不把手放在左胸口上，夜晚便無法入睡。

女人注意到他的動作。

哪裡痛嗎？

男人會搖頭說：沒有。沒事，別擔心。

該如何解釋是他失去的童年在發疼？

每星期六的漫漫上午，她探出房間窗外，都會看見十樓A的鄰居女人在陽臺搗玉米。然後她會看著女人磨木薯泥，準備烤魚，或者烤肥美的雞腿。空氣中瀰漫著香氣濃郁的炊煙，令她食慾大開。從前奧蘭多喜歡吃安哥拉菜，然而露朵始終不願做黑人的食物。對此她相當懊悔。那段日子，她最大的願望就是嘗一嘗烤肉。她開始觀察生活在陽臺上的雞隻，天剛破曉牠們就啄著被曙光照亮的穀粒。

她等到一個星期天早晨，城市仍在沉睡，她探出窗外，放下一根前端打了活結套索的繩子，垂降到十樓A的陽臺上。約莫十五分鐘後，她成功套住一隻壯碩黑公雞的脖子，然後猛力一拽，快速把牠拉上來。出乎意料的是，她把雞放到臥室地板上時，這動物竟然還活著（不過也只一息尚存）。她拔出腰間的刀，準備割斷牠的喉嚨——突然靈光一閃，阻止了她。玉米的存量還夠支撐幾個月，豆子和香蕉也充足。若有一隻公雞和一隻母雞，她就能開始養雞繁殖，每週吃上新鮮雞蛋，多好。她再度放下繩索，這回勾住一隻母雞的腿，可憐的傢伙死命掙扎，製造出嚇人的騷動聲，羽毛灰塵漫天飛舞。過了片刻，整棟樓都被那位鄰居的尖叫聲吵醒了：

「小偷！有小偷！」

下一秒，女人意會到不可能有人沿著光滑的壁面爬上陽臺偷雞，指控遂變成驚恐的號叫：

「巫術……有人用巫術……」

最後她完全確信地直呼：

「是奇安妲……奇安妲……」

露朵曾聽奧蘭多說過一位名為奇安妲的海洋女神。她的姐夫向她解釋奇安妲和人魚之間的區別：

「奇安妲是一種存有，一種亦正亦邪的能量，這種能量透過水、海浪、狂風中的五彩光芒顯現。漁民供奉祂。小時候我經常在這棟樓後面的湖邊玩，總是會發現祭品。有時奇安妲會綁架路過的人，被擄走的人會在幾天後出現在很遠的地方，像是另一座湖或河畔，或者海邊。這種事三不五時發生。從某個時候起，人魚的形象開始出現在關於奇安妲的描繪裡，祂的形象變成了人魚，但仍保有原本的力量。」

就這樣，靠著卑劣的偷竊和意外的好運，露朵開始在露臺上經營起小型養雞場，同時讓魯安達人繼續對奇安妲的存在與力量深信不疑。

切格瓦拉的非洲無花果樹

在樓下中庭，湖水重新升起之處，生著一棵巨大的樹。我翻閱家中一本關於安哥拉植物的書，得知那是一棵非洲無花果樹（Ficus thonningii）。這種樹被安哥拉人視為皇家樹或談話樹，因為部落的族長和女性耆老經常聚集在樹下，商討部落要事。這棵樹最高的樹梢幾乎快長到了我的臥房窗口。

偶爾，我會瞥見一隻猴子在樹上徘徊，穿梭在鳥和樹影間。牠過去應該有人飼養，也許牠自己逃跑，或是被主人拋棄了。我同情牠。牠和我一樣，是這個城市的外來者。

外來的異族。

孩子們拿石頭丟牠，女人們持棍子驅趕牠。人們對牠大聲吼叫辱罵。

我給牠取了一個名字：切格瓦拉。因為牠看起來很叛逆，那略帶嘲諷、倨傲的神態，就像一位失去王國與王冠的國王。

有一次我發現牠在露臺上吃香蕉，真不曉得牠怎麼上去的。大概先從非洲無花果樹跳到一扇窗戶上，再從那裡跳上露臺的外緣。我不介意，反正香蕉和石榴很多，足夠填飽我們倆的肚子——至少目前是如此。

我喜歡剝開石榴，讓果實的光芒在指間綻放。我甚至喜歡葡萄牙語的石榴這個字，romã，字裡彷彿閃耀著晨光。

劊子手傑雷米亞的第二人生

我們每個人在一生中都會認識各形各色的存在，偶爾，也會目睹各種各樣的消亡。然而，沒有多少人有機會換上一副不同的外皮。傑雷米亞．卡拉斯科便有類似的經歷。遭遇粗心的行刑槍隊後，他在一張床上醒來。這張床對他超過一百八十公分的身軀來說太短，也太窄了，雙手若不交叉疊著就會垂落床的兩側，手指還可碰觸到水泥地面。他的嘴巴、脖子、胸部疼痛不堪，呼吸也很困難。他睜開眼，看到褪色龜裂的低矮天花板。一隻小壁虎垂掛在上方，好奇地端詳著他。正對面的牆上近天花板處，有一扇小窗，清晨波浪般的香氣飄了進來。

「我死了。」傑雷米亞心想。「我死了。那隻壁虎是上帝。」

即使那隻壁虎確實是上帝，祂似乎仍在猶豫究竟要賜予他何種命運。對傑雷米亞來說，這猶豫不決甚至比發現自己與造物主面對面，且造物主以爬行動物的樣貌現身還要離奇。傑雷米亞從很久以前就知道，自己註定要受地獄之火煎熬，永世不得超生。他殺戮無數，遍施酷刑，起初是出於職責，服從命令，後來卻逐漸樂在其中了。只有徹夜追趕目標對象時，他才真正感到清醒與完整。

「快拿定主意吧。」傑雷米亞對壁虎說。確切來說，是他想這麼說，但實際脫口的只是一連串夾纏不清的悶聲。他再次嘗試，然後彷彿惡夢般，再度聽見洶湧的黑暗。

「別說話。事實上，你永遠無法再說話了。」

有那麼半晌，傑雷米亞相信是上帝懲罰他墮入永遠的喑啞。然後他的目光瞥向右邊，看見一個肥碩的女人倚著門，纖細的手指在面前舞動，一邊說著：

「昨天報紙發布了你的死訊。他們登了一張照片，那張照片很舊，我幾乎認不出是你。他們說你是魔鬼，罪大惡極。你死了，然後重生了。現在你有另一次機會，好好把握吧。」

瑪德蓮娜在瑪麗亞琵雅醫院工作了五年，在這之前，她是個修女。一位鄰居遠遠目睹傭兵被槍決的場面，通知了她，於是這位護士自己開車到現場，發現其中一人還活著。一顆子彈射穿他的胸膛，但行進軌跡完美得不可思議，竟沒有傷及任何重要器官。第二顆子彈射入他的嘴巴，打碎兩顆上門牙後穿透喉嚨而出。

「這是怎麼搞的，你想用牙齒接子彈嗎？」她笑得花枝亂顫，光線彷彿也和她一起蕩漾。「不過，先生，你的反應神經確實很厲害，這主意倒也不壞，因為假如子彈沒有擊中你的牙齒，按照原本行進的方向，你可能已經一命嗚呼或癱瘓了。我當時想，最好不要送醫院，因為他們會照顧你，等你康復之後再一次把你殺了。所以請耐心一點，我會利用僅有的資源親自照顧你。重點是一定要讓你離開魯安達。我不知道你能在我這裡藏多久，如果同志們找到你，他們肯定也不放過我的。我們必須儘快南下才行。」

她協助他藏匿了將近五個月。傑雷米亞收聽廣播掌握戰況進展，安盟[20]、安解

20 安盟（爭取安哥拉徹底獨立全國聯盟），長期與執政的安人運周旋，現為安哥拉主要政黨之一。

陣[21]、南非軍隊與來自葡萄牙、英國、北美的傭兵結盟，臨時成軍的陣營內部欠缺穩定，與之對抗的政府軍[22]則在古巴的支援下，艱難地逐步推進。

傑雷米亞在卡斯凱斯[23]的沙灘上和一名淺金髮的女郎共舞，他從來沒參加過戰爭，從來沒殺過人，從來沒刑求過任何人，直到瑪德蓮娜搖醒他：

「上尉，快點！我們今天不走就沒機會了。」

傭兵費了番勁從床上坐起身。黑夜裡暴雨滂沱，掩蓋了零星的車聲。他們準備搭乘的潛逃工具是一輛破舊的雪鐵龍2CV廂型車，黃色車身飽經風霜，鐵鏽斑斑，但引擎仍運轉良好。他們把傑雷米亞抬進後座躺平，用許多裝著書的條板箱擋住。

「書讓人心生尊敬。」護士解釋道。「如果車上載的是裝滿啤酒的箱子，士兵會搜查得仔仔細細，一個角落都不放過，而且到莫薩梅德斯的時候一瓶也不

---

21 安解陣（安哥拉民族解放陣線），曾是安哥拉獨立戰爭中的主要武裝力量，現為安哥拉主要政黨之一。
22 安人運（安哥拉人民解放運動），一九七五年至今都是執政黨。安盟、安解陣、安人運是內戰中的三大政治組織。
23 Cascais，位於葡萄牙西部里斯本地區的城市。

剩。」

事實證明她的計謀是正確的。他們行經多個檢查哨，士兵們一見滿車的書都立正致意，還有許多人向瑪德蓮娜道歉，隨即放行。他們在一個無風的早晨抵達莫薩梅德斯。生鏽的金屬車身上有一個小孔，傑雷米亞透過洞口窺看外頭的小鎮，景物像葬禮上的醉漢般恍恍惚惚，緩慢地轉著圈。幾個月前，南非軍隊在前往魯安達的途中經過此地，輕鬆擊潰一支由青年先鋒隊與穆庫巴人[24]組成的軍隊。

瑪德蓮娜把車停在一幢通體藍色的大房子前。她下了車，留下傑雷米亞在車裡悶烤。傭兵汗流浹背，幾乎無法呼吸，他暗忖自己最好也得出去，即使這意味著必須甘冒被捕喪命的危險。他沒辦法推開木箱，於是開始猛踢金屬車身。一個老人走近。

「誰在裡面？」

他聽見瑪德蓮娜溫柔的聲音：

24 Mucubal或mucubai，居住於安哥拉南部的少數民族，屬赫雷羅（Herero）人的一支，過著半游牧生活。

「我要帶一隻小山羊去維雷[25]。」

「但是維雷已經到處都是羊啦？哈哈！帶一隻羊去維雷！」

車子再度前進時，開始透入些許新鮮空氣，傑雷米亞總算安定下來。他們行駛了一個多小時，沿著隱密的路徑顛顛簸簸，穿過大片在傑雷米亞看來除了強風、礫石、塵土和鐵絲網以外別無他物的土地。終於，車子停了下來，四周圍繞著鬧哄哄的人聲。後門被打開了，有人把箱子搬了出去。數十張好奇的臉孔湊了上來。女人身上塗著紅色彩繪，有些年紀較大，有些還是少女，小巧的乳房，乳尖鼓鼓的。男孩子身材高䠷，相貌優雅，每一位的頭頂上都留著一簇頭髮。

「我已故的父親在沙漠出生，最終在這裡長眠。這些人對他忠心耿耿。」瑪德蓮娜向他解釋。「他們會為你提供藏身處，需要躲多久都行。」

傭兵坐下來，挺直肩膀，宛如裸身出巡的國王，輪廓恰似一棵香松豆參差錯落的樹影。一群孩子簇擁著他，觸碰他，拉他的頭髮。年輕男人朗聲笑了起來。

25 Virei，位於安哥拉西南部納米貝省的城鎮，距離魯安達超過一千公里。

他們對此人粗硬的沉默、遙遠的眼神深深著迷，並感覺到暴烈不安的過去的幽靈。

瑪德蓮娜向他微微點頭道別：

「在這裡等著。他們會來找你的。等情勢平靜下來，你就可以越過邊境去西南邊，我想你在白人地區會有同伴。」

數年過去。然後數十年。傑雷米亞從未跨越邊境。

五月二十七日[26]

切格瓦拉今早非常焦躁不安。

牠在樹枝間跳來跳去，大聲嚎叫。

後來，我從客廳的窗戶望出去，看見一個男人在狂奔。

26 一九七七年五月二十一日，前內政部長尼圖·奧維斯（Nito Alves）被安人運政府開除黨籍。同年五月二十七日，奧維斯發動政變，率支持者闖進魯安達監獄，以釋放其他支持者。忠於時任總統奧古斯丁諾·內圖（Agostinho Neto）的安人運部隊，在古巴軍隊的支持下進行鎮壓，導致數萬人被逮捕、失蹤、死亡。

他的身材很高很瘦，動作不可思議地敏捷，後方有三名士兵緊追不捨。接著，人群突然從各角落蜂湧而出，加入士兵的行列，轉眼變成一大群人在追捕逃犯。我看見他撞上一名騎腳踏車從前方經過的男孩，摔了個四腳朝天，揚起漫天塵土。眼看大批人馬就快追上，觸手可及，男人跳上腳踏車，繼續逃。此時前方約一百公尺處有第二組人圍攏，石塊如雨點般落下。可憐的傢伙躲進一條窄巷，如果他擁有像我一樣的鳥瞰視野，是絕不會這麼做的，因為那是條死巷。當他發現自己的錯誤時，他拋下腳踏車，試圖翻牆。

一塊石頭飛過來擊中他的後頸，他倒了下來。

人群一擁而上，猛踢他瘦削的身軀。一名士兵拔出手槍，對空鳴槍，開出一條通道，他過去把那個男人扶起來，槍口指向群眾，另兩名士兵大聲發號施令，試圖平息眾怒。最後，他們終於讓人群後退，將犯人拖出去，扔進一輛廂型車裡，揚長離去。

家裡沒電超過一星期了，我聽不了廣播，無法得知發生了什麼事。

我被槍聲吵醒。後來，我望向客廳窗外，看見那個瘦削的男人在奔跑。幽靈整天四處晃蕩，繞著自己的恐懼打轉，啃咬自己的腳趾。我聽見隔壁傳出叫喊聲，幾個男人爭吵著，又倏地陷入靜寂。

我睡不著。凌晨四點，我上到露臺。黑夜像一口井，吞噬著星星。

此時我看見一輛平板卡車駛過，車上載滿了屍體。

論理性的失誤

蒙特不喜歡審訊。多年來，他一直迴避討論這個話題，他甚至拒絕回想七〇年代，那時，為了維護社會主義革命，某些非常手段（借政治警察慣用的委婉說法）是允許的。他對朋友坦言，獨立之後那段恐怖時期，他在審訊分裂主義分子以及與極左派有牽連的年輕人的過程中，洞悉不少人性真相。他說，童年幸福的人，通常很難攻破心房。

也許他想起了「小酋長」。

「小酋長」原名阿納多．克魯茲，他不喜歡談論自己被關押期間的事。他自幼便成為孤兒，由經營糕點攤的祖母老杜希妮亞撫養長大，讓他衣食無缺。他完成了高中學業，正當每個人都指望他上大學、成為醫生時，他因參與政治集會被捕入獄。他被監禁在距離莫薩梅德斯一百多公里的聖尼古勞集中營[27]，關押四個月時，葡萄牙爆發了康乃馨革命[28]。小酋長以英雄之姿返回魯安達。老杜希妮亞相信孫子可望榮膺部長高位，偏偏他有著滿腔政治熱情，卻缺乏政治手腕，獨立之後不過幾個月，當時就讀法律系的他再度入獄。他的祖母哀慟逾恆，幾天後便心臟病發，撒手人寰。

小酋長最後藏在棺材裡從監獄中逃了出來，這段滑稽的故事稍後會詳細道來。成功越獄後，他隨即銷聲匿跡。然而他並未像其他朋友一樣躲在暗無天日的房間裡，甚至藏在某個年邁阿姨家的衣櫃裡，他選擇反其道而行。最顯眼的地方最容易忽略，他想。於是他在街頭遊蕩，衣衫襤褸，披散著纏結的長髮，渾身汙泥和

27 聖尼古勞島（São Nicolau）是今西非國家維德角的島嶼，維德角獨立前亦為葡萄牙殖民地。

28 第二次世界大戰後，許多歐洲國家紛紛放棄殖民地，葡萄牙的薩拉查軍政權拒絕讓非洲殖民地獨立，在安哥拉、莫三比克、幾內亞比索激起了反殖民運動，薩拉查政權抵抗去殖民的浪潮，因而爆發殖民戰爭（一九六一至一九七四年）。戰爭的冗長和高昂的軍費，讓薩拉查政權失去許多葡國人民和中下級軍官的支持，這些軍官組成武裝部隊，於一九七四年四月二十五日在里斯本發動政變，期間有許多平民參與，他們將康乃馨插在軍人的步槍上，這場不流血的政變被稱為「康乃馨革命」、「四二五革命」。

焦油。為了讓自己消失得更徹底，好躲避日夜在城裡四處襲擊、收集砲灰的士兵，他索性佯裝發瘋。而一個人若要看起來像瘋子，並且讓人相信，就必須真的變得有點瘋才行。

「想像一種半睡半醒的狀態。」小酋長解釋道。「一半的你是警醒的，另一半渾渾噩噩，終日晃蕩。晃蕩的部分是表現給外人看的。」

正是在這種近乎社會隱形且半癡傻的狀態下，小酋長偷渡客般的清醒頭腦，看見了那隻鴿子：

「當時，連日的飢餓讓我幾乎站不起來，一絲微風都會把我吹倒。我用一根棍子和幾條橡皮筋造了彈弓，正當我在卡坦波區追捕老鼠時，一隻鴿子飛下來，牠全身發光，耀眼的白照亮周圍的一切。我心想：「是聖靈。」我找了一塊石頭，目光緊盯鴿子，然後發射。那是完美的一擊。鴿子在落地前就死了。我立刻注意到牠腳上的環繫著一個小塑膠管。我打開它，取出小紙條，上面寫著：明天六點，老地方。小心點。我愛你。我準備把鴿子烤來吃，就在去除內臟時，發現了鑽石。」

小酋長一時間不明所以：

「我一頭霧水，還以為鑽石是上帝的恩賜。我甚至以為那字條是上帝給我的訊息。我的老地方是勒洛書店門口，於是隔天六點鐘，我就在那裡等待上帝降臨。」

上帝以神祕難解的方式，透過一名身材肥碩的女人降臨。她的臉龐光潔閃耀，表情彷彿訴說著永恆的喜樂。她從一輛老舊的雪鐵龍2CV小廂型車走出來，跟半躲在垃圾箱後看她的小酋長搭話：

「哈囉，帥哥！」瑪德蓮娜呼喚。「我需要你幫忙。」

小酋長戒備著走向她。女人說她經常在觀察他。眼看一個健康無礙，實際上根本是健康得不得了的人，成天癱躺街頭，裝瘋賣傻，這讓她非常惱火。前罪犯挺直身子，抑制不住胸中怒火，回道：

「但我真的很瘋，其實——！」

「還不夠瘋，」護士打斷他：「真正的瘋子舉止會更謹慎小心。」

瑪德蓮娜繼承了一座位於維亞納[29]附近的小農場，生產在首都魯安達取得不

29 Viana，位於安哥拉西北部的城鎮，隸屬魯安達省。

易的蔬菜水果，而她正在尋找幫忙管理農場的人。小酋長答允了，但並非出於那些理所當然的原因。不是因為他忍飢受餓，而農場可以確保他三餐無虞，也不是為了躲避士兵、警察和其他敵人的追捕。他接受這份工作，是因為他相信此乃上帝的旨意。

五個月後，吃飽睡足的他完全恢復了清醒。不幸的是，就他的例子而言，清醒卻成了理智之敵。倘若再繼續瘋個五六年，他的境遇會好一點。現在他清醒了，憂慮又重返心頭。國家的崩潰讓他的靈魂裂痛，彷彿那是流著血液的真實器官。思及獄中被他拋下的夥伴，他們的命運令他更為痛心。他一點一滴重拾過去的人脈。他與先前在聖尼古勞結識的年輕足球員馬西爾·盧坎巴，兩人共同研擬了一個大膽的計畫，內容是營救一群被囚者，並協助他們乘坐拖網漁船逃往葡萄牙。他從未向任何人提起鑽石的事，連馬西爾也沒有。他有意賣掉鑽石來供應救援行動的開銷，但他不知該從何尋找買家，也沒有時間思考這個問題。一個星期日下午，他躺在墊子上歇息，突然有兩人闖進來，他就被逮捕了。得知瑪德蓮娜也遭關押的消息，他痛苦萬分。

蒙特審問他，試圖證明護士也是共謀。他承諾，如果小酋長供出瑪德蓮娜救過的葡萄牙傭兵的下落，他就釋放他們兩個。小酋長大可老實說他對傭兵的事毫不知情，不過他認為，對特務有任何回應就等於承認對方的正當性，所以他只是往地上啐了口唾沫。固執不屈讓他的身體留下一些傷痕。

整個被關押的期間，他身上一直帶著鑽石。無論是獄卒或其他囚犯，誰也不會想到這個謙遜、總是心繫他人的年輕人，身上竟藏了一筆不小的財富。一九七七年五月二十七日早晨，他被一陣激烈的喧鬧吵醒。然後是數發槍響。一個他不認識的人打開他的牢房門，大喊如果他想走就可以走。一群叛亂分子占領了監獄。小酋長像個鬼魂一般鎮定自若地穿過騷動的人群，感覺比假扮瘋子在街頭遊蕩時更沒存在感。他發現院子裡的一棵雞蛋花樹下，坐著一位備受尊敬的女詩人，這是民族主義運動中的一個歷史性的名字，她和他一樣，在獨立後幾天就被逮捕，被指控支持一群批判共產黨高層的知識分子。小酋長問起瑪德蓮娜。她幾週前被釋放了。警方無法證明對她不利的事情。「了不起的女人！」詩人說。她建議小酋長不要離開監獄，因為她認為叛亂很快就會被鎮壓，那些逃犯則會被帶走、刑求，最後槍斃：

「一場血洗即將到來。」

他同意詩人的看法。他緊緊擁抱她良久，茫然地離去，步入傾瀉而下的街燈裡。他考慮過去找瑪德蓮娜。他想對她致上最誠摯的歉意，但他清楚這會為她製造更多的麻煩，她的住處將成為警方搜捕他的首要目標。於是他在城市裡遊蕩，恍惚，沉痛，不知不覺跟隨著不遠處的抗議民眾前進，這群民眾則是簇擁著效忠總統的武裝軍隊。他就這樣失魂落魄的走著，這時一個士兵認出他來，開始追捕他，大喊著：「分裂分子！分裂主義者！」不一會兒便聚集了一大群民眾要撂倒他。小酋長身高超過一百八十公分，腿很長，青少年時是個運動健將，然而在狹小的牢房裡關押了幾個月讓他的呼吸短促了些。最初五百公尺，他成功與追趕者拉開一段距離，甚至有信心能夠甩掉他們，不幸的是，騷動引來更多人加入，他開始感到胸口鼓脹欲裂，汗水流進眼睛模糊了視線，一輛腳踏車突然出現在他面前，他沒能閃避過去而迎頭撞上，連人帶車跌倒在地。他重新站起，抓了車就騎，再度拉開些許距離，向右轉進一條巷子，是死巷。他扔下腳踏車試圖翻牆，一塊石頭擊中他的後頸，他的嘴裡似乎嘗到血味，接著一陣天旋地轉。下一刻，他已經被銬在車裡，兩側各坐一名士兵，每個人都在吼叫。

「去死吧，你這卑鄙的傢伙！」開車的人喊道。「我們接到命令，所有人格殺勿論！但我要先一片片拔掉你的指甲，不想的話就一五一十招來。我要知道那些分裂分子的名字。」

他一片指甲都沒拔到。一輛卡車在下個路口撞上他們，把他們的車甩到人行道上。離衝撞點最遠的一扇車門彈開，小酋長和一名士兵被拋飛出來。他辛苦地站起身，鮮血濺灑一地，當中有他自己的和別人的血，也落下許多玻璃碎片。他還沒有機會思考這混亂的情況，只見一名矮壯的男人掛著像是有六十四顆牙那般閃耀的笑容走近，為他披上外套蓋住手銬，帶走了他。十五分鐘後，兩人走進一棟高雅但有些破敗的大樓。他們徒步爬了十一層樓，小酋長艱辛地拐著腿，因為他的右腿幾乎斷了。

笑容燦爛的男人為電梯故障致歉：

「都是這些鄉巴佬把垃圾丟進電梯井，裡面的垃圾幾乎一路堆到樓上。」

他邀請小酋長進門。客廳的牆面漆成豔粉紅色，牆上掛著一幅極為醒目的油畫，純真的筆觸描繪了開懷的屋主。有兩個女人坐在地板上，身旁擺著一臺電池供電的小收音機，其中一位非常年輕，正在給嬰兒餵奶，兩人都沒瞧他一眼。笑容燦爛的男人拉來一張椅子，示意小酋長坐下。他從口袋裡掏出一枚迴紋針，把它拉直，然後俯身湊近手銬，將金屬細絲插進鎖孔，三兩下鎖就開了。他用林加拉語喊了些什麼，較年長的女人不發一語站起身，隨即消失在公寓裡。幾分鐘後，她帶著兩瓶庫卡啤酒回來。收音機裡有個激憤的聲音大喊：

我們一定要找到那些人，把他們綁起來槍斃！

笑容燦爛的男人搖搖頭：

「這不是我們爭取獨立的目的。不是為了讓安哥拉人像瘋狗一樣自相殘殺。」他嘆了口氣。「現在我們得為你治療，然後好好休息。我們有一間空房，你可以在裡面靜養，直到混亂結束。」

「這場混亂可能需要相當長的時間才能告一段落。」
「但終究會結束的，同志。就算邪惡也需要稍作休息。」

叛逆的天線

與世隔絕的最初幾個月，露朵幾乎都得撐傘才能安心步上陽臺。後來她改為套上一個長形紙箱，在箱子與眼睛同高的位置挖兩個洞方便窺視，較低的位置也挖兩個洞，好讓手臂自由活動。有了這個裝備，她可以在花圃種植作物、採摘和除草，做各種農活，她也不時會探身到露臺牆外，悵然凝望這座湮沒的城市。若有人從他處的類似高度望向這棟樓，就會看見一只大箱子四處移動，探向外頭又縮回去。

雲朵環繞著城市，水母般團攏。

雲讓露朵聯想到水母。

人看雲的時候，是看不見它們真正的形狀的。雲根本沒有形狀，或者說可以是任何形狀，因為它們無時無刻不在變化。人看見的是自己心中渴望的東西。

你不喜歡「心」這個詞？

沒關係，那換另一個。靈魂、無意識、幻想。隨你喜歡。沒有一個真正準確的字眼。

露朵看著雲，眼裡浮現了水母。

她習慣了自言自語，經常連續幾小時一遍又一遍重複同樣的字詞。唧喳、群集、啁啾、盤旋、飛翔，唧喳、群集、啁啾、盤旋、飛翔，唧喳、群集、啁啾、盤旋、飛翔，唧喳、群集、啁啾、盤旋、飛翔，唧喳、群集、啁啾、盤旋、飛翔。美妙的字眼如巧克力在她的舌尖融化，勾起美好的回憶。她相信當她唸誦這些字，召喚這些回憶時，鳥就會重新回到魯安達的天空。她已經好多年沒見過鴿子和海鷗了，連一隻迷途小鳥的蹤影也沒有。夜晚帶來蝙蝠，然而蝙蝠的飛行與鳥的翱翔截然不同。蝙蝠和水母一樣沒有實體。倘若目睹一隻蝙蝠飛掠重重暗影，你會難以想像牠是有血有肉，有堅實骨骼，有溫度和感覺的東西。難以捉摸的形體，有如廢墟裡飄忽的幽靈，稍縱即逝。露朵討厭蝙蝠。狗的數量比鴿子少，貓又比狗更罕見。貓是最早消失的。狗在城市街道上堅持了好幾年，形成野生的純種狗群。身形瘦長的靈緹，嚴重哮喘的獒犬，精神錯亂的大麥町，沮喪的波音達，再過兩三年，這些曾經高貴的血統，出現了難以想像的、可鄙的混種後代。

露朵嘆了口氣。她面朝窗外坐下，從這個位置只能看見天空。烏雲低垂，殘餘的一抹藍幾乎完全被昏暗吞噬。她想起切格瓦拉。過去經常可見牠盪過牆壁，奔過家家戶戶的露臺與屋頂，藏身在雄偉無花果樹的最高枝椏上的身影。看見牠會讓露朵振奮一些。他們倆是相似相依的存在，他們都是錯誤，是這個歡騰的城市有機體中的異物。人們先前經常向猴子丟石子，有人還把下了毒的水果扔給牠。但猴子總會避開。牠會嗅一嗅，然後一臉厭惡走開。露朵稍微調整一下姿勢就會看見衛星天線，數十、數百、數千支天線黴菌似的覆蓋城市樓房的屋頂。很長一段時間，她看見所有的天線一律轉向北方──除了一支以外。叛逆的天線。另一個錯誤。她曾認為只要那支天線依然背對它的同伴，她就不會死。只要切格瓦拉活下來，她也能挺過去。然而，她前一次見到猴子的蹤影已經是兩個多禮拜前的事。不僅如此，那天凌晨，她第一次掃視四周樓房的屋頂時，發現那支天線加入其他的天線，轉向了北方。一股濃重的黑暗如河水般汩汩湧出，沿著窗玻璃流淌下來。倏地，一道巨大的閃光照亮四周，女人看見自己的影子投在牆面上。一秒鐘後，雷聲隆隆迴盪。她閉上眼。假如她就這樣死去，當外頭的天空高奏自由凱歌，歡欣鼓舞之際，她死在這清醒的時刻，那倒不壞。幾十年後才會有人發現她。她想起阿威羅，驀地明瞭自己已經感覺不像葡萄牙人了。她不屬於任何地方。她出生的城市很冷，此時城市景象再度浮現，狹窄的街道上，人們低頭步行，抵禦著寒風和自身的疲憊。沒有人在等她。

睜眼前，她就知道暴風雨正在離去。天空逐漸放晴，一縷陽光溫暖了她的臉龐。她聽見露臺傳來一聲哀鳴，像是微弱的怨訴。她腳邊的幽靈伸了伸懶腰，一躍而起，穿越大半個家跑到客廳，奔上螺旋樓梯時還絆了一下，隨即消失無蹤。露朵緊追在後，只見猴子被狗逼退到香蕉樹前，壓低了頭緊張地咆哮。露朵緊緊抓住狗的項圈，奮力將牠拉回。德國牧羊犬反抗，作勢要咬她。女人用左手打牠的鼻子，連續打了好幾下，幽靈才終於屈服，任由自己被拖離。她把狗綁在廚房裡，關上門，回到露臺。切格瓦拉還在那裡，明亮的眼眸納悶地望著她。她從未在任何人類的眼中看過如此強烈富有人性的表情。牠的右腿有一道深而乾淨的傷口，像是剛才被開山刀砍中，鮮血和雨水混在一塊兒。

露朵剝了一根從廚房帶來的香蕉，伸直手遞出去。猴子傾身湊近口鼻，搖搖頭，做出大概表示痛苦或不信任的動作。女人甜甜地呼喚：

「過來吃，過來啊小傢伙。來，我會照顧你。」

猴子拖著傷腿靠近，發出悲鳴。露朵放掉香蕉，抓住牠的脖頸，左手拔出腰間的刀，深深刺入那精瘦的身軀。切格瓦拉大叫一聲掙脫開來，肚上插著刀，兩大步蹦到了牆邊。牠倚著牆不再移動，淒厲哀嚎，鮮血飛濺。筋疲力盡的女人癱坐在地，也跟著哭。他們維持這樣的姿勢，相互注視對方良久，直到雨又落下。露朵起身走到猴子跟前，拔出刀子，劃破牠的喉嚨。

隔日早上，露朵醃肉時，注意到叛逆的天線再度轉向南方。不僅是那支天線，還有另外三支。

日子如流水般滑過

日子如流水般滑過。我的筆記本用盡，也沒筆可寫了，只好拿木炭塊在牆上寫短短的句子。

我節約糧食、用水、柴火和形容詞。

我想到奧蘭多。起初我很討厭他，後來我漸漸明白他的魅力。他可以很迷人的。一男兩女同住一個屋簷下——這是多麼危險的組合。

俳句

牡蠣大小的我
孤絕此處，懷揣我的珍珠
．．．
深淵裡的碎片

偶然的隱微結構

笑容燦爛的男人名叫卞維努・安布羅西・福圖納托，但是沒多少人知道他的這個名字。六〇年代末，他寫了一首名為〈熱情老爹〉的波麗露舞曲，演唱者是佛朗索瓦・盧安博・盧安佐・馬基亞蒂[30]，就是剛果那位偉大的佛朗哥，此曲一推出立刻引起轟動，日夜在金夏沙的電臺反覆播送，這位年輕的吉他手也因此獲得日後伴隨一生的綽號。熱情老爹二十歲出頭時受到獨裁者蒙博托（又名蒙博托・塞

30 François Luambo Luanzo Makiadi（1938 - 1989），著名剛果音樂家，二十世紀剛果及非洲音樂代表人物，當時最受歡迎的非洲倫巴樂團TPOK Jazz團長，有「吉他巫師」之稱。

塞・塞科・庫庫・恩本杜・瓦・扎・邦加）[31]政權的迫害，流亡巴黎，先是在夜總會當守衛，後來到馬戲團的樂隊彈吉他。正是在法國，他接觸到為數不多的安哥拉人社群，繼而重新發現自己祖先的國家。安哥拉一獨立，他就收拾行囊來到魯安達。他在婚禮和其他私人聚會上表演，聚會上多是從薩伊返回的安哥拉人，或者思念祖國的薩伊人。維持生計不易，他進入國家電臺擔任音效師，才得以勉強餬口。五月二十七日上午，反叛軍闖入電臺大樓時正好他當班，隨後他又目睹古巴士兵趕到，一陣拳打腳踢後迅速控制現場，奪回廣播權。

當他為所目睹的事件驚惶未定，正要離開大樓時，眼前有一輛軍用卡車迎頭撞上一輛汽車。他衝過去解救乘客，並且立刻認出其中一名傷者。那個胖墩墩、胳臂短而健壯的男人曾去電臺偵訊過他。接著，他注意到那位高瘦的年輕人，他的身子乾癟得如同埃及木乃伊，手腕還上了銬。他毫不遲疑地行動。他將年輕人

31 Mobutu Sésé Seko Kuku Ngbendu wa Za Banga（1930 - 1997），其名意為「以堅忍不拔的求勝意志，從征服走向征服，在身後留下烈焰的無敵戰士」，原名Joseph-Désiré Mobutu，曾任剛果民主共和國總統（1965 - 1971）和薩伊共和國總統（1971 - 1997），軍事政變上臺後實行長達三十二年的個人獨裁。

扶起來，用外套蓋住他的手，把他帶回自己的公寓。

「當時你為什麼要幫我？」

藏匿在音效師家中的四年間，小酋長不厭其煩問了無數次。然而他的朋友很少回答，總是朗聲大笑，那種屬於自由之人的笑，然後搖搖頭，轉移話題。一日，他直視小酋長的雙眼說：

「我的父親是牧師。他是個好牧師，也是個優秀的父親。直到今天，我仍不相信沒有孩子的牧師。倘若沒有身為人父，怎麼有資格當牧師呢？我的父親教導我們要扶助弱者。我發現你癱躺在人行道上的那天，你看起來確實很虛弱。此外，我認出其中一名警察，保安警察，他去過我工作的地方審問大家。我不喜歡思想警察，從來都沒有好感。所以我聽從自己的良心行事。」

小酋長銷聲匿跡了很長的時間，直到第一任總統去世後，政府當局拖泥帶水地嘗試開放。與武裝反對派無關的政治犯獲得釋放，有人還收到進入國家機器任職的邀請。小酋長終於踏上首都街道時，心中的感受介於驚恐與好奇之間。他發現幾乎所有人都相信他死了，有些朋友甚至斬釘截鐵地表示參加了他的葬禮。幾個並肩抗爭的同伴見到如此生龍活虎的他，似乎還難掩失望。至於瑪德蓮娜，她欣喜地迎接小酋長。過去幾年，她成立了一個名為「石頭湯」的非政府組織，致力改善魯安達貧民窟居民的飲食。她走遍城市最窮苦的社區，運用有限的資源，盡其所能教導母親們如何為孩子提供所需的營養。

「就算不多花錢，也能吃得更營養。」她向小酋長解釋道。「你和你那些朋友，滿嘴冠冕堂皇的漂亮話，什麼社會正義、自由、革命的，但是人民卻日漸消瘦、生病，很多人死了。口號無法餵飽人民。人民需要的是新鮮蔬菜和營養的魚湯，至少每週一次。我唯一感興趣的革命，是那種首先讓人民坐到餐桌前的革命。」

年輕人受到這番話的感召。他開始跟隨護士一起工作，只要求象徵性的工資，外加三餐、住宿和洗衣。許多年過去了。社會主義制度瓦解，摧毀在最初建立制度的同一群人手中。資本主義死灰復燃，掀起與往常一樣兇猛的烈焰。許多人幾個月前還在家庭午餐和聚會上、在示威遊行上、在報紙文章裡，嚴詞抨擊資產階級民主，如今卻一身名牌服飾，開著炫麗的汽車在街上兜風。

小酋長蓄了先知模樣的濃密鬍子，垂落到瘦削的胸前。儘管一把鬍鬚，他仍顯得無比優雅，外貌保持得如年輕人般，只不過走路時身子開始稍微向左彎傾，好像體內有股強風在推著他。一天下午，看著富豪的名車招搖駛過，他想起了那些鑽石。他按照熱情老爹的建議前往羅克桑泰羅市場，手裡拿著一張寫了名字的紙條。他只能被洶湧人潮推著前進時，心想，在這片混亂中絕不可能找到人的，只怕自己還脫不了身。但他錯了。他詢問的第一個小販給他指了一個明確的方向，幾百公尺後遇見的另一位也確認資訊無誤。十五分鐘後，他在一間小店鋪前停下腳步，店門上用粗略的線條畫了一個女人的軀體，一條鑽石項鍊點亮了細長的脖頸。他敲門。應門的是一個纖瘦的男人，身穿粉紅色外套和褲子，搭配著暗紫紅色領帶和帽子，擦得光可鑑人的鞋子在昏暗中閃亮。小酋長想起幾年前短暫拜訪金夏沙時，熱情老爹為他介紹的「薩普爾」[32]。在剛果，薩普爾指的是一群醉心時尚的人，他們穿著昂貴

32 薩普（La Sape），氛圍營造者與雅士協會（Société des Ambianceurs et des Personnes Élégantes）的首字母簡稱，sape 一字在法語亦有「服飾」之意。薩普是一種以剛果民主共和國首都金夏沙（Kinshasa）及剛果共和國首都布拉薩市（Brazzaville）為中心盛行的次文化運動，熱衷者稱為薩普爾（sapeur）。薩普爾模仿、挪用歐洲殖民者的時尚，自成一格，作為自我主張或反抗的手段。

的華服，傾盡所有（或沒有）的財產，只為像伸展台模特兒一樣在街頭亮麗登場。

他走了進去，看見一張桌子，兩把椅子。天花板裝有一支吊扇，葉片徐徐攪動著潮濕的空氣。

「我是傑米．潘吉拉。」薩普爾自我介紹，用手勢示意他坐下。

潘吉拉對鑽石很感興趣。他先就著油燈的光線檢視，然後走到窗邊拉開窗簾，在近正午的刺目陽光下把鑽石翻來覆去仔細端詳。最後，他坐下來說：

「這些鑽石雖然小，但品質優良，很純。我不想知道你是怎麼弄到手的，把它們放到市場上賣的風險也很高。我最多出七千美金。」

他拒絕了。潘吉拉將出價提高一倍。他從抽屜裡取出一綑鈔票，放進一個鞋盒裡，推到對方面前。

小酋長走進附近的酒吧，把鞋盒擱在桌上，思考處置這筆錢的方法。他注意到啤酒瓶上的商標，一隻鳥展翅的剪影，於是想起了那隻鴿子。他還留著那張塞在塑膠管裡的紙條，上頭的字跡仍勉強可辨：

明天六點，老地方。小心點。我愛你。

這會是誰寫的呢？

也許是安哥拉鑽石公司[33]的高級主管。他想像一個神情凝重的男人匆匆寫下訊息，把紙條放進塑膠管裡，繫在鴿子腳上。他想像男人把鑽石塞入鳥喙，第一顆，接著再一顆，然後放開手。鳥騰空飛起，離開高大茂密的芒果樹簇擁的房子，進入棟多鎮上，一路飛到首都危機四伏的天空。他想像牠飛過陰暗的森林，越過奔騰的驚流，俯瞰戰場上對峙的軍隊。

他笑著站了起來。他知道該怎麼用這筆錢了。

接下來幾個月，他籌劃成立了一間小型快遞公司，取名為「信鴿」。葡萄牙語表示鴿子的字，在安哥拉常用的金邦度語裡也有信差的意思，這個巧合令他喜

33 Companhia de Diamantes de Angola，簡稱Diamang。一九一七年成立，由葡萄牙、比利時、美國、英國、南非五國共同出資，巔峰時期為全世界最大鑽石公司之一，一九八八年正式關閉。

不自勝。隨著公司發展蒸蒸日上，他拓展新業務，並在多個領域投資，從飯店到房地產皆無往不利。

十二月一個星期日下午，陽光耀眼，空氣中亮閃閃的。他和熱情老爹在里亞托碰面，兩人點了啤酒，慢悠悠地閒聊，彷彿躺在吊床上一樣享受午後的慵懶。

「老爹，最近怎麼樣？」

「還過得去。」

「你還在唱歌嗎？」

「很少。我不太接表演了。福福最近怪怪的。」

熱情老爹被國家電臺解雇後，靠著在宴會演奏的收入艱難度日。他有個在當狩獵團嚮導的表親，從剛果帶了一頭侏儒河馬給他。嚮導在森林裡發現牠時，這隻剛出生不久的小河馬正拚命守護著母親的遺體。吉他手把小河馬帶回自己的公寓，用奶瓶餵牠，教牠跳薩伊倫巴舞，後來河馬福福開始與他搭檔，一起在魯安達城郊的小酒館演出。小酋長看過好幾場他們的表演，每次觀賞都讚嘆不已。問題是，福福長得太大了。侏儒河馬又名倭河馬，體型與牠們更為人所知的親戚相比也許算嬌小，成年後還是可以長到一頭大型豬那樣壯碩。大樓裡的抗議聲浪越來越強。住戶當中養狗的人很多，有些人堅持在陽臺上養雞、養羊，偶爾還養豬，但沒有人養河馬。一隻河馬的存在讓大家嚇壞了，即便牠是個藝術家。有些人看到牠現身陽臺，便朝牠丟石頭。

小酋長知道，幫助好友的時候到了。

「你的公寓開價多少？我需要一間好房子，位置要在首都的中心地段。你需要一座農場，可以有大片空間養你的河馬。」

熱情老爹顯得猶豫：

「我在那公寓住了這麼多年，感情也很深了。」

「五十萬怎麼樣？」

「五十萬？什麼五十萬？」

「我出美金五十萬買你的公寓，這筆錢可以讓你買到不錯的農場。」

熱情老爹被逗得大笑。等他發現老友的表情一板正經，這才驟然止住笑聲。他坐直身子：

「我以為你在說笑。你真有五十萬美金？」

「比那更多，還多個好幾百萬。我可不是在幫你的忙，我認為這是很理想的投資。你那棟樓雖然相當老舊，但只要好好粉刷，換上新電梯，殖民時代的復古情調立刻回來了。過不了多久，買家就會開始上門，那些將軍，部長，比我有錢太多的人，他們會先付點不痛不癢的小錢，讓原住戶搬走，不肯好好離開的人，只好來硬的了。」

就這樣，小酋長住進熱情老爹的公寓。

失明（和心的眼睛）

我的視力越來越差，閉上右眼，眼前只浮現重重陰影，一切模糊難辨。我必須扶著牆壁行走，閱讀更是一場奮戰，我只能在陽光下讀，使用的放大鏡倍率也越來越高。我重讀最後僅存的幾本書，它們都是我不願燒掉的。這些年來陪伴我的美麗聲音，已經有太多被我親手葬送。

有時我會想：我瘋了。

我到露臺上時，竟看見一隻河馬，在隔壁鄰居的陽臺上跳舞。我清楚這是幻覺，但我確實看見了。或許是飢餓的緣故吧。最近我吃得很差。

我的身體虛弱，視力逐漸消失，閱讀必然窒礙難行。從前熟讀的段落不一樣了，讀的時候我會看錯，在這些錯誤中，有時會發現不可思議的真理。

在這些錯誤中我經常發現我自己。

錯誤讓有些段落更好了。

螢火蟲閃爍，飛過各個角落。在微亮的朦朧中，我如水母般遊走，沉入自己的夢。也許有人會說，這便是死亡。

在這間房子裡我有過美好的時光，那是陽光灑進廚房拜訪我的午後，我坐在桌邊，幽靈會湊過來，把頭枕在我的大腿上。

如果還有空間、木炭和可用的牆面，我可以寫一本講述遺忘的偉大作品：一部遺忘通論。

但我發覺，我已經把整間公寓變成了一本大書。當藏書全數燒盡，我也死去之後，留下的只有我的聲音。

這間房子裡，每一面牆都有我的嘴。

收集失蹤的人

一九九七至一九九八年間，共有五架飛機在安哥拉上空消失，分別是來自白俄羅斯、俄羅斯、摩多瓦和烏克蘭的航班，計二十三名機組人員。二〇〇三年五月二十五日，一架隸屬於美國航空公司的波音七二七飛機，從魯安達機場起飛後偏離航道，此後再無蹤影。該飛機先前已有十四個月未執行飛行任務。

丹尼爾·班奇莫收集安哥拉的失蹤故事，任何類型的失蹤都行，不過他個人偏愛航空類的事件。因為比起遭大地吞噬，被天空攫走總是更耐人尋味，就像耶穌基督和祂的母親一樣。除非這裡談的不是譬喻修辭。畢竟人或物品若是真的被大地吞噬，這種情形是相當罕見的，而法國作家西蒙—皮耶·穆蘭巴似乎就遇上了這麼一回事。

這位記者將失蹤事件分為一到十級。例如，那五架在安哥拉上空消失的飛機，就被班奇莫歸類為八級失蹤。波音七二七列為九級失蹤，穆蘭巴也是。

二〇〇三年四月二十日，穆蘭巴應法國文化協會之邀赴魯安達參加研討會，主題是塞內加爾詩人暨前總統桑戈爾[34]的生平與作品。穆蘭巴身材高大，相貌出眾，總是戴著那頂漂亮的毛氈帽，帽子微微向右斜著，刻意露出滿不在乎的樣子。穆蘭巴喜歡魯安達，這是他第一次造訪非洲。他的父親生於剛果黑角，是名拉丁舞老師，父親跟他說過非洲的炎熱和潮濕，警告過當地女人的危險，儘管如此，並沒有讓他對如此恣縱逸樂的生活、旋轉木馬般翻騰的情緒、混亂但令人迷醉的聲音與氣味做好準備。第二晚，演講甫一結束，作家就接受年輕建築系學生伊莎貝拉·孟特絲的邀約，到島區最時髦的酒吧飲酒作樂。第三晚，他和伊莎貝拉的兩

34 Léopold Sédar Senghor（1906 - 2001），塞內加爾詩人、政治家、文化理論家，提出「黑人性」（négritude）的理論概念，標舉黑人意識與文化價值，一九六〇年至一九八〇年任塞內加爾首任總統。

名女性朋友去了希卡拉，在某個維德角[35]人家的後院跳了整晚摩娜和古拉德拉歌曲[36]。第四晚，他消失了。原本與他約好共進午餐的法國文化專員，親自去協會為他安排的旅館尋人，旅館非常漂亮，位置靠近巴拉杜廣薩。旅館沒有人看見他，手機也無人接聽。進到房間，只見床罩尚未掀開，床單平整服貼，枕頭上還擺著一顆巧克力。

丹尼爾・班奇莫比警方更早得知作家失蹤的消息。他只撥了兩通電話就掌握到穆蘭巴前幾晚在哪裡度過、和誰一起度過，過程鉅細靡遺。再多打兩通電話，他就知道有人目睹法國作家在清晨五點從迪斯可舞廳離開，這家舞廳位於基納西謝市場，顧客多半是歐洲僑民、放浪少女，以及醉心杯中物甚於繆斯的詩人。當晚，班奇莫一個人去了舞廳。有幾個大汗淋漓的肥胖男人默不作聲地喝著酒，其

35 Cape Verde，位於非洲西岸的大西洋島國，由十個火山島組成，距離西非海岸線五百七十公里，獨立前是葡萄牙的殖民地。

36 morna，coladeira，維德角傳統音樂形式。摩娜揉合非洲、葡萄牙與巴西風格，抒情憂傷；古拉德拉為快板舞曲，非洲節奏鮮明，兩種音樂皆為婚宴慶典常見的舞曲。

他人半隱沒在黑暗中，伸手撫摸稚齡少女裸露的膝蓋。其中一個女孩格外引起他的注意，因為她戴著一頂黑色毛氈帽，帽子上有一條細細的紅絲帶。他正要走近，突然一個長髮紮成馬尾的金髮男子抓住他的胳臂：

「昆妮是我們的人。」

「別緊張，我只是想問她一個問題。」班奇莫試圖讓對方放鬆戒心。

「我們不喜歡記者。你是記者？」

「有時候是，這得看情況而定。我通常覺得自己是猶太人。」

另一個男人放開了他，面露困惑。班奇莫向昆妮打招呼：

「你好，我只是想知道你這頂帽子是哪裡來的？」

女孩笑答：

「昨天來這裡的混血法國人，他弄丟了帽子。」

「他弄丟了帽子？」

「應該反過來，他才是弄丟的那個，然後他的帽子找上了我。」

她解釋，前一天晚上，一群在街上過活的少年看見法國人離開舞廳，走了幾百公尺，繞到一棟樓的後面小解，就在此時，地面吞噬了他，只剩下他的帽子。

「地面吞噬了他？」

「他們是這麼說的，老頭。可能是流沙，也可能是巫術，我不知道。那群男生用棍子把帽子勾出來，我跟他們買了下來，所以帽子現在是我的了。」

班奇莫離開了舞廳。一家商店的櫥窗外，有兩個少年坐在人行道上看電視。由於電視的聲音無法傳到外頭，兩人便輪流即興創作演員的臺詞。記者看過那部電影，不過新編的對話徹底改變了劇情，他待了幾分鐘觀賞節目，趁廣告空檔跟少年搭話：

「我聽說有一個人，一個法國男人，昨天晚上在這附近失蹤。據說他被地面吞噬了。」

「是的。」其中一名少年證實了這個說法。「真的會發生這種事。」

「你們看到了嗎？」

「沒有，是拜亞庫看到的。」

接下來幾天，班奇莫詢問其他少年的證詞，每個人說起穆蘭巴的悲慘結局，都彷彿親眼目睹一樣，可是一旦追問，又紛紛承認自己其實不在現場。當然了，他們沒有人再見過法國作家的蹤影。警方宣告結案。

班奇莫的失蹤量表上只有一件十級失蹤案，而且記者本人見證了這起不可思議的消失事件。一九八八年四月二十八日，班奇莫任職的《安哥拉日報》派他前往一處名為新希望的小鎮，該鎮有二十五名女性被懷疑施行巫術，因此遭到殺害。同行採訪的還有著名攝影師科塔．柯達，暱稱ＫＫ，兩名記者在萬波機場下客機時，司機已經等候著，準備載他們前往新希望。兩人一抵達，班奇莫就開始找部落酋長及其他族人談話，ＫＫ為他們拍攝肖像照，回到萬波時天色已經暗了。翌日早上，他們按計畫搭乘空軍直升機返回新希望，豈料，飛行員卻怎麼也找不到那座村莊：

「這太奇怪了。」飛行員在空中盤旋兩小時後，終於焦慮地承認。「座標上的位置什麼也沒有，下面只有一大片草。」

班奇莫對年輕飛行員的無能失去耐性。他雇了前一次開車送他們過去的那位司機，但是ＫＫ拒絕同行：

「沒什麼好拍的。不存在的東西你沒辦法照。」

他們開車轉了一圈又一圈，反覆重訪同樣的風景，彷彿做夢般，困在夢的無限時間裡，直到司機也尷尬承認：

「我們迷路了！」

「什麼我們？迷路的是你！」

司機憤怒地轉身面對他，彷彿他應該為這個世界的錯亂失序負責：

「路越來越亂了。」他用力捶打方向盤。「我覺得我們碰上了地理事故！」

突然，前方隱約浮現一條彎道，他們總算得以擺脫離這場錯誤，或者幻覺，兩人失魂落魄，不住顫抖。他們沒找到新希望，但有一個路標指引他們回到公路，再沿路駛回萬波。KK正在旅館等候，他雙手交叉抱在單薄的胸前，表情沉鬱地說：

「夥伴，有壞消息。我洗了底片，結果全部燒壞了，這些裝備根本是垃圾。情況越來越糟了。」

報社得知新希望消失的消息，似乎沒有人感到不安。主編馬塞里諾．阿松桑．達博亞．莫特笑著說：

「村子消失了？這個國家裡，什麼東西都會消失！也許整個國家正在消失，這裡一個村莊，那裡一個村莊，等我們回過神來，什麼都不剩了。」

二〇〇三年，法國作家西蒙—皮耶．穆蘭巴神祕失蹤幾週後，達博亞．莫特把班奇莫叫到自己的辦公室，遞給他一個藍色信封：

「這給你。你不是在收集失蹤案嗎？讀讀看，說不定裡頭有故事可挖。」

信

《安哥拉日報》總編輯尊鑒：

我叫瑪麗亞・達・皮達德・羅倫索・迪亞斯，是一名臨床心理學家。大約兩年前，我發現一個驚人的事實：我是被領養的。我出生後，生母便將我送人收養。我很困惑，決定調查她這麼做的原因。露朵薇卡・費南德斯・曼諾，也就是我的生母，她在一九五五年夏天遭陌生人殘忍強暴，因此懷孕。此悲劇發生後，她一直住在姐姐奧黛特的家裡。一九七三年，奧黛特嫁給一位採礦工程師，他居住在魯安達，名叫奧蘭多・佩雷拉・多斯桑托斯。

他們並未在安哥拉獨立後返回葡萄牙。葡萄牙駐魯安達領事館也沒有相關紀錄。這次我冒昧寫信給您，即是想知道貴報是否有任何資源，能幫助我找到露朵薇卡・費南德斯・曼諾。

敬候尊安

瑪麗亞・達・皮達德・羅倫索

幽靈之死

幽靈是在睡夢中過世的。生命中的最後幾星期，牠吃得非常少。事實上，牠從來不曾飽餐過，畢竟沒什麼可吃的，這或許說明了牠如此長壽的原因。實驗顯示，給予低熱量飲食的老鼠，平均壽命會大大延長。

露朵醒來時，狗已經死了。

她坐在床墊上，面對敞開的窗。她抱住瘦削的雙膝，仰頭望向天空，粉紅色的、淡淡的雲一點一點匯聚。露臺上雞群咯咯叫著。樓下傳來孩童的啼哭。露朵感到胸中一空，某種黑色的物質，如破裂器皿流出的水，從她體內漏逸出來，滑落到冰冷的水泥地上。她失去了世上唯一的摯愛，而她沒有眼淚可流。

她站起身來，選了一塊木炭削尖，在客房那面依然空著的牆上用力寫下：

幽靈今晚死了。現在什麼都沒用了。

牠眼中的凝盼，曾那樣撫摸著我，訴說著我，支撐著我。

她登上露臺，這次沒有舊紙箱的掩護。這一日正要開展，彷彿打了一個溫暖的哈欠。也許是星期天，街上幾乎是空蕩蕩的。她看見一群身穿潔白衣裳的女人走過，其中一人發現了她，歡欣地舉起右手打招呼。

露朵往後退縮。

她可以跳下去，她想。只要往前邁步，跨過欄杆，站到露臺外緣上。如此簡單。不多久，下面的女人們就會看見她，看見一道羽毛般輕盈的影子飛騰起來，然後墜落。但她往後退，繼續往後退。逼退她的是那片藍，是無邊的浩瀚，是即使生命失去意義，自己終將活著的確定性。

死神繞著我轉圈，齜牙低吼。我跪下來，獻上光裸的頸脖。來吧，朋友，來吧。

啃咬我，讓我走。啊，今天你來了，但你忘記了我。——夜晚，又是夜晚。我數過的夜晚比白天更多。——許多夜晚。蛙聲鼓譟。我開窗，望見潟湖。夜晚一分為二。——下雨，一切都滿溢出來了。夜裡，彷彿黑暗在歌唱，夜色翻湧，掀起滔天巨浪，吞噬滿城樓房。

又一次，我想像我歸還的鴿子飛向的那個女人。她身材高䠷，骨感鮮明，帶著絕世美女闖蕩現實必需的那種些微的睥睨。她行過里約熱內盧，沿著拉各亞潟湖岸邊漫步（我看過照片，我在家中藏書裡找到幾本關於巴西的圖文書）。自行車騎士與她擦身而過，目光曾在她身上停留的人永遠不會回頭。這個女人叫莎拉，我叫她莎拉。

她就像從莫迪里亞尼[37]的畫布上走出來的女人。

---

37 Amedeo Modigliani（1884 - 1920），義大利畫家、雕塑家，以其現代風格的肖像畫和裸體畫聞名，人物細長的臉孔、脖子，纖瘦的身形為最具代表性的特色。

關於上帝與其他微小愚行

我發現，相較於相信傲慢的人類，信仰上帝更為容易，即便祂的存在遠遠超出我們極其有限的理解能力所及。多年來我一直聲稱自己是個信徒，這單純是出於懶惰，因為要向奧黛特和其他人解釋我不信上帝，太困難了。我也不相信男人，這一點，人們倒是很容易接受。然而過去這些年我明白了：要相信上帝，首先必須信任人類。沒有人，就沒有上帝。

我仍不相信。既不相信上帝，也不相信人類。幽靈死後，我一直供奉祂的靈。我和祂說話，我相信祂也聽見了。我的相信，並非藉由想像力達成，更非智力，而是徹底調動另一種能力。這種能力，或可稱為非理性。

我在自言自語嗎？

或許吧。這樣說來，誇耀自己跟上帝交談的聖徒不也一樣？相較之下，我謙虛得多。我的自言自語，是相信自己在跟狗美麗的靈魂交談。無論如何，這些對話撫慰了我。

驅魔

我刻畫詩行
簡短
如禱詞

文字是
被放逐的
魔鬼的
軍隊

我切除副詞
代名詞

饒過
我的手腕

露朵拯救魯安達的一日

客廳的牆上掛著一幅水彩畫，畫的是一群跳舞的穆庫巴人。露朵見過畫家艾巴諾．內維斯索薩，他個性調皮有趣，是她姐夫的老朋友。起初，她不喜歡這幅畫。她在畫中看見安哥拉令她厭惡的一切縮影：野蠻人在慶祝某件喜事，或者好預兆，某種她無法理解的東西。然而在漫長的沉默與寂寥中，她漸漸對那些環繞著篝火舞動的人物產生情感，彷彿生命真的值得擁有此般優雅。

她燒掉家具，燒掉數千本書，燒掉所有畫作，直到萬不得已的那一刻，才把穆庫巴人從牆上取下。她本想拔起留下的那枚釘子，僅僅是出於美觀考量，因為它在那裡看起來不對，也毫無意義，但她突然想到，也許就是它，是這一枚金屬支撐著牆壁。也許是它支撐著整棟大樓。誰知道呢，如果她把釘子從牆上拔出來，也許整座城市會就此崩毀也說不定。

她沒拔釘子。

鬼魂，以及險些致命的失足

十一月過去了，萬里無雲。十二月也是如此。如今二月到了，空氣因為乾旱彷彿要焦裂開來。露朵看著潟湖日益枯竭，起初湖變得暗淡，然後草地褪成近乎白色的金黃色，夜晚失去蛙鳴的喧鬧。她數算水瓶的數量，所剩不多了。她把泳池的濁水給雞喝，結果雞隻生病，全死了。家裡還剩下一些玉米和豆子，不過烹煮需要大量的水，而她必須儲水。

她又開始挨餓。一日清晨，她擺脫惡夢醒來，搖搖晃晃步入廚房，看見桌子上有一個圓麵包：

「是麵包！」

她不可置信地用雙手捧起它。

嗅聞它。

麵包的香氣讓她回到童年時光：她和姐姐在沙灘上，分著吃抹奶油的麵包。她咬了麵包，直到吃完時，才發覺自己正在哭泣。她顫抖著坐下。

誰會給她帶麵包來？

也許有人從窗戶把麵包丟了進來。她想像一個肩膀寬闊的年輕人將一條麵包拋向空中，麵包劃出一道悠緩的弧線，降落到她的桌子上。這個人可能是從如今幾乎乾涸的潟湖裡拋出麵包，以此作為某種神祕的祈雨儀式。一位金班達巫醫，貨真價實的麵包投擲冠軍！畢竟，這是多麼驚人的距離啊。那天晚上她很早就睡著了。她夢見天使來拜訪她。

早上，她在廚房的桌子上發現六個圓麵包、一罐芭樂果凍和一大瓶可口可樂。露朵坐下來，心臟跳得飛快。顯然有人進出她的家。她站起身。近幾個月她的視力越來越差，一天過了某個時間，光線開始變暗以後，她就只能憑藉本能行走。她走到露臺上，跑向大樓的右側，這一面正對另一棟樓，中間僅相隔幾公尺，也是唯一沒有設置窗戶的樓面。她探頭往下看，發現隔壁樓的周圍築起了鷹架，恰好靠在她這棟樓上。入侵者就是這樣進來的。她步下樓梯，也許是因為緊張，或者光線昏暗，無論原因為何，她的本能失靈了。她踩空一階，手腳失去平衡，就這麼跌下樓，暈了過去。她一恢復意識便立刻知道，自己的左大腿骨折了。「原來如此。」她想。「我不是死於某種神祕的非洲疾病，不是因為食欲不振或疲憊力竭。我不是被小偷謀殺，不是天塌下來砸在我頭上，而是栽在一條最著名的物理定律上：假定有質量為m1和m2的兩個物體，兩者間的距離為r，這兩個物體會相互吸引，其吸引力與兩者的質量成正比，與兩者間距離的平方成反比。」她的質量不足救了她的命。倘若多個二十公斤，造成的撞擊將是致命性的。疼痛從她的腿往上蔓延，左半邊的身體動彈不得，思緒也不再清晰。她靜止不動好一陣子，外頭的夜色如大蟒蛇般扭動，街道與廣場上被搭訕的相思樹，紛紛被掐得窒息。疼痛在狂吠，疼痛在撕咬。她口乾舌燥。她想把舌頭吐出來，因為舌頭感覺不是自己的，而像是卡在喉間的一塊軟木塞。

她想到那瓶可口可樂。想到她放在儲藏室裡的水瓶。她必須拖著身體挪動十五公尺左右的距離。她伸出雙手往水泥地一撐，讓軀幹挺直起來，她的腿彷彿被斧頭砍斷似的，痛得她尖叫出聲，叫聲讓她自己都嚇了一跳。

「我把整棟樓的人都吵醒了。」她喃喃。

她是吵醒了隔壁的小酋長。這位企業家正夢見奇安妲。一連好幾晚，他都做同一個夢。他總是在半夜來到陽臺，看見潟湖有光在閃爍，光漸漸擴大，變成一道圓而悅耳的彩虹，同時企業家感到自己的身體失去重量。他總是在光升到面前時醒來。但這次他醒得更早，因為那道光在大喊，或者說他感覺那道光在大喊，聲音震得泥巴和著蛙群一起爆炸開來。他從床上坐起，感覺喘不過氣，心臟怦怦狂跳。他憶起過去在這同一間房裡，那段與世隔絕的日子，有時他會聽到一隻狗在吠，他會聽見遙遠的，一個女人吟唱古老歌謠的歌聲。

「這棟樓鬧鬼。」熱情老爹說得斬釘截鐵。「有一隻狗老是在吠，但從來沒有人見過牠，像隻幽靈狗似的。據說牠能穿牆，你睡覺的時候要當心。狗會穿過牆，汪汪汪地叫，但是你什麼也沒看見，只聽到叫聲，然後牠就不請自來入你的夢，讓你開始在夢裡聽見狗吠。住樓下一層的年輕工匠尤斯塔奇奧，有一天早上醒來突然就說不了話，只能像狗一樣叫。他們帶他去看一位小有名氣的傳統醫生，醫生花了五天時間，才把狗的靈魂和吠叫聲從尤斯塔奇奧的腦袋裡驅趕出來。」

小酋長發現這棟樓的結構很奇特，封住走廊的那面牆令他困惑不解，其他樓層都沒有這種結構。這層樓想必還有另一戶公寓——但在哪裡呢？

與此同時，幾公尺外的牆的另一邊，露朵正無比艱難地向廚房邁進，每挪動一公分，她就覺得自己的魂魄又遠離了一點。清晨的第一縷陽光照進家裡時，她還在客廳，離門口約兩公尺。她發燒了，口渴比疼痛更令她難受。約莫下午兩點，她終於來到門邊，隨後暈了過去。醒來時，她隱約看到有一張臉正對著她。她抬手揉揉眼睛，那張臉還在。是個男孩，看起來是個男孩的臉，兩隻驚訝的眼睛睜得大大的。

「你是誰？」

「我叫薩巴魯。」

「你從鷹架爬進來的嗎？」

「對，我爬鷹架上來的。隔壁棟樓搭了鷹架，工人正在粉刷，鷹架幾乎一直通到你的露臺，我在最高層堆了幾個木箱就爬上來，很輕鬆的。你怎麼了，跌倒了嗎？」

「你多大了？」

「七歲。你快死了嗎？」

「我不知道。我以為我已經死了。我要水。幫我拿水來。」

「你有錢嗎？」

「有，我會把所有的錢給你，但你先去拿水來。」

男孩站起來，環顧四周。

「這裡幾乎什麼也沒有，連家具都沒有。你看起來比我還窮，哪來的錢？」

「水！」

「好啦，奶奶，別激動。我拿汽水給你。」

他從廚房拿來那瓶可口可樂。露朵迫不及待直接就著瓶口喝。可樂的甜味震撼了她。她好多年沒嘗到糖的味道了。她要男孩去書房找她的錢包，錢收在裡面。

薩巴魯回來的時候，大笑著拋灑一疊疊的鈔票：

「奶奶，這已經不是錢，都是廢紙了。」

「有銀餐具。你拿銀餐具。」

男孩又笑。

「我已經拿走了，你沒發現嗎？」

「沒有。昨天是你送麵包來的嗎？」

「那是前天。你不想叫醫生嗎？」

「不不，不要！」

「我可以幫你找鄰居，你總該有鄰居吧。」

「不！別叫任何人來。」

「你不喜歡人嗎？我也不喜歡人。」

露朵哭了起來。

「走開，給我走開。」

薩巴魯站起來。

「出去的門在哪裡？」

「這裡沒有門。你怎麼進來，就怎麼出去。」

薩巴魯背上背包，消失了蹤影。露朵深吸一口氣，靠在牆上。疼痛在逐漸消退，或許她應該讓那個男孩去叫醫生。但她轉念又想，醫生來了，警察也會跟著到，然後是大批記者，她的露臺可是埋著一具屍骨。她寧願死在這裡，像過去三十年一樣活在囚牢中，但起碼是自由的。

自由？

當她往外望去，看見群眾激烈地衝撞大樓周圍，聽見汽車喇叭聲、汽笛聲、叫喊聲、懇求聲和咒罵聲，匯聚成鋪天蓋地的喧囂，她經常感到深深的恐懼，一種被圍攻的威脅感。每當她想出去，她就會去找一本書來讀。在燒掉所有家具、門板和地板後，她開始燒書，這讓她感到漸漸失去自由，彷彿她在將整個地球焚燒殆盡。燒掉喬治．阿瑪多後，她再也無法造訪伊列烏斯和聖薩爾瓦多[38]。燒掉喬伊斯的《尤里西斯》，她失去了都柏林。捨棄《三隻憂傷的老虎》[39]，等於也將

38 是巴西作家喬治．阿瑪多（Jorge Amado）故鄉伊亞州的兩個城市。
39 古巴作家因凡特（Guillermo Cabrera Infante）的代表作。

老哈瓦那燒成灰燼。最後只剩下不到一百本書。她保留這些書，更多是出於固執，而非考慮到用處。她的視力太差，即便借助巨大的放大鏡，即便把書攤在直射的陽光底下，讓自己像蒸桑拿一樣大汗淋漓，她也要花一整個下午才能解讀一頁。最近幾個月，她開始在依然空著的牆面上，用巨大字體寫下書裡她最喜歡的句子。她想：「過不了多久，我會真的變成囚犯，我可不想活在監獄裡。」她睡著了。她被一陣輕笑喚醒。男孩又出現在她面前，瘦高的身影襯著張牙舞爪的耀眼夕陽，劃出清晰的輪廓。

「你還來做什麼？餐具也拿走了，我一無所有了。」

薩巴魯又笑起來。

「嘖，奶奶！我以為你死了。」

他把背包放在女人腳邊。

「我買了藥，一大堆藥。吃了你會舒服點的。」他坐到地板上。「我也買了可樂，還有吃的，烤雞。你餓嗎？」

他們在原地吃起來，分食麵包和雞肉塊。薩巴魯展示他帶來的藥，有止痛藥和消炎藥。

「我去羅克桑泰羅市場找一個男的。我告訴他，我父親毆打我母親，把她的手給打斷了，但是她不好意思去看醫生。然後他就把這些都賣給我了。我用餐具的錢付帳，還剩下很多。我能睡你家嗎？」

薩巴魯把老太太扶起來，帶她回房間，讓她躺上床，然後自己躺在她身邊睡著了。第二天早上，他去了市場，回來時帶著蔬菜、火柴、鹽、各種香料和兩公斤牛肉。他還帶回一臺便攜式瓦斯爐，露營用的那種，附一個小的丁烷瓦斯罐。他聽從露朵的指示，在臥室地板上做飯。兩人吃得津津有味。然後男孩洗碗，收好碗盤。他好奇地在屋裡到處逛：

「你有很多書呢。」

「很多書嗎？確實，以前我有很多書，現在少了。」

「我從來沒見過這麼多書。」

「你會認字嗎？」

「我不太擅長把字母拼在一起。我只在學校念了一年書。」

「要我教你嗎？我教你認字，然後你可以讀書給我聽。」

露朵休養期間，薩巴魯學會了閱讀。老太太還教他下棋，男孩自然而然就愛上了。下棋時，他會說起自己在外頭的生活，對露朵而言，這好比一個外星人向她揭露某個遙遠星球的祕密。一天下午，薩巴魯發現鷹架正在拆除。

「現在我該怎麼離開？」

露朵焦躁起來：

「我不知道！」

「那你是怎麼進來的？」

「我沒從外面進來。我一直住在這間房子裡。」

男孩望著她，一臉困惑。露朵實在沒轍，只好領他到大門口。她打開門，露出自己三十年前砌的那堵牆，那堵牆將公寓和大樓其餘部分完全隔開。

「門的另一頭就是外面的世界。」

「我能把牆打穿嗎？」

「可以，但是我怕，我好害怕。」

「奶奶別怕，我會保護你的。」

男孩取來鎬子，猛力敲了六下，在牆上鑿開一個洞。透過洞口，他窺見另一頭驚慌的小酋長。

「你是誰？」

薩巴魯又捶兩下，把孔洞擴大。他自我介紹：

「先生好，我叫薩巴魯．艾斯特瓦．卡皮坦哥。我正忙著打穿這道牆。」

企業家抖掉他外套上的灰泥粉末，後退兩步：

「老天爺！你是從哪個星球來的？」

男孩本可像歌手愛莎．蘇亞雷斯[40]一樣給出機智的回應。在蘇亞雷斯的歌手生涯之初，她十三歲時，音樂家亞力．巴羅索對骨瘦如柴、穿著糟糕的她問了同樣的問題（他身後的觀眾哄堂大笑，此時她的長子在家裡生命垂危），當時她回

40 Elza Soares（1937 - 2022），巴西森巴歌手。十二歲被父親逼迫結婚，十三歲生子，為幫兒子買藥，參加著名音樂家亞力．巴羅索（Ary Barroso）主持的現場歌唱比賽節目，因而聲名大噪。

道：「我來自飢餓星球。」不過薩巴魯從未聽過蘇亞雷斯或巴羅索，所以他聳聳肩，笑著回答：

「我們住在這裡。」

「我們？」

「我和我奶奶。」

「你們住在那邊？那邊有公寓嗎？」

「當然。」

「你們在那裡住多久了？」

「一直都在。」

「真的？你們怎麼出去？」

「我們沒有出去，只是住在這裡。不過以後會的，我們要開始出門了。」

小酋長目瞪口呆，搖了搖頭。

「好，很好。你打掉牆以後把走廊掃乾淨，我不想看到留下一點灰塵，清楚嗎？這裡不是貧民窟了，現在這裡是一棟高級建築，像在殖民時代一樣很受尊仰的。」

他回到自己的公寓，去廚房冰箱拿一瓶啤酒，帶到陽臺上喝。有時，他會有點懷念起從前瘋癲潦倒，在街頭和廣場上終日跳舞的時候。經陽光淘洗的世界沒有惱人的謎團，一切似乎都是透明的，清晰的，即便上帝亦然。祂經常化身為各種面貌，傍晚時分出現在他面前，與他愉快地寒暄幾句。

香松豆藍調（一）

當今庫瓦勒族[41]的人口不超過五千人，生活範圍卻相當廣闊，超過納米貝省的一半面積。就他們自己重視的事物而言，庫瓦勒堪稱富裕的民族，因為他們擁有大量的牛。除東北部以外，他們所處的地區幾乎沒有直接受戰火波及，近年也有降雨，至少足夠養活牲畜（甚至有幾次豐年，並且很久沒有真正的災年了）。然而安哥拉這幾年的發展歷程，卻使庫瓦勒人陷入糧食匱乏的困境，因為他們無法以牛隻交換玉米。擁有大量的牛卻深陷飢餓，其中明顯的矛盾亦是該民族獨特的處境。但安哥拉不也如此嗎？擁有大量石油……？

——魯伊・杜亞特・德卡瓦洛[42]，〈航行通告——庫瓦勒牧民初探〉

偵探蹲下來，目光緊盯幾公尺的前方，一名坐得挺直的老人。天空亮得令人眼花撩亂，難以看清。他轉頭問嚮導：

「那邊那個老人，他是黑白混血？」

嚮導笑了一下，這個問題似乎令他有些尷尬。

「也許吧。某個白人七十年前路過這裡。這種事經常發生，現在也依然在發生。這些傢伙會讓自己的太太去陪遊客，你不知道嗎？」

「我聽說過。」

「他們確實會這麼做。但如果女方拒絕，也沒關係，她們沒有義務陪客。這裡的女人比一般人認為的更有權力。」

「這一點我相信。不管是這裡或其他地方，女性最終都會掌握所有的權力。」

他問老人：「你會說葡萄牙語嗎？」

---

41 Kuvale，穆庫巴人的別稱。

42 Ruy Duarte de Carvalho（1941 - 2010），安哥拉作家、電影工作者，作品類型橫跨詩歌、後設小說和人類學，主要關注安哥拉南部的庫瓦勒人，歷時三十餘年。

對方抬起右手摸了摸頭，他戴著某種帽子，很漂亮，紅黃顏色的條紋。他帶著一種無聲的挑戰意味直視蒙特的眼睛，張開牙齒幾乎掉光的嘴，發出極細微的笑聲，輕柔的笑聲彷若塵埃在亮晃晃的空氣中消散。坐在他身邊的一個小夥子對嚮導說了些什麼，嚮導為蒙特翻譯：

「他說那個老人不說話。從來沒講過話。」

蒙特站起來，用襯衫袖子擦拭臉上的汗水。

「他讓我想起多年前認識的一個人。他死了我很遺憾，因為我一直想再殺他一次。如今年紀大了，往事的記憶卻異常清晰，讓我十分困擾，簡直像有人閒來無事，在我的腦海裡翻看舊相簿一樣。」

他們先前沿著乾涸的河床走了好幾小時才到這裡。蒙特是被一位將軍召來的，這位將軍是他在那段爭戰時期的盟友，他在這附近買下一座大莊園，傳下給女兒。莊園四周設起堅固的屏障，切斷了穆庫巴人的傳統放牧路線，雙方因而交火，造成一個牧民受傷。次日夜裡，一群年輕的穆庫巴人襲擊莊園，帶走一名十四歲男孩，即將軍的外孫，以及大約二十頭牛。

蒙特朝老人走近兩步：

「我可以看看你的手腕嗎？右手腕？」

老人身上簡單披著一塊布，繫在腰間，顏色是深淺不一的紅色與橘色。他戴了數十條項鍊，手腕裝飾著亮閃閃的寬版銅手鐲。蒙特抓住老人的胳臂，正要把手鐲撥開時，倏地一拳飛來將他打倒。原來是坐在老人身邊的小夥子跳起來，朝他胸口猛力揮了一拳。偵探應聲仰面倒地。他翻過身，爬著退開幾公尺，奮力咳嗽，試圖恢復呼吸及鎮定，同時身後爆發一場激烈的爭吵。最後，蒙特重新站起來，騷動引來更多人群，許多有著鐵鏽色光亮皮膚的年輕人，彷若奇蹟般，陸續從輝煌的夕照中現身，將老人團團圍住。他們揮舞長棍，預演著舞步，腳步快速跳躍，一邊高聲呼喊。嚮導見狀驚恐地往後退：

「情況不太妙，老兄，我們趕緊離開吧！」

回到魯安達後，蒙特坐在酒吧桌邊灌飲啤酒，他用了一個有失文雅但極其生動的意象，來形容這場屈辱的挫敗：

「我們像狗一樣被掃地出門，吃了滿嘴的土，害我一直拉出磚塊。」

失蹤案真相大白（差點連破兩案）
或引述馬克思名言：一切堅固的都煙消雲散

一個暗淡無光的早晨，馬格諾・莫雷拉・蒙特醒來，感覺自己像是一條失去源頭的河流。外頭細雨漸停。他的妻子穿著內褲和拖鞋，坐在床上梳頭。

「到此為止。」蒙特說。「我再也受不了了。」

瑪麗亞・克拉拉帶著母親般的平靜望著他：

「那很好，親愛的，現在我們可以開心過日子了。」

那是二〇〇三年，黨的新路線令他震驚。他不贊成拋棄舊時理想，向市場經濟投降，對資本主義強國獻媚。他辭去情報機構的工作，開始擔任私家偵探。顧客在共同朋友的建議之下找上他，協助蒐集競爭對手公司、重大竊案、失蹤人口的情報。他也接待過不少絕望的女人，希望尋找丈夫出軌的證據，也有妒火中燒的丈夫開出高價，要求監視自己的妻子。蒙特不接受此類委託，他輕蔑地稱之為「床頭業務」，並推薦其他同業受理。

一天下午，一位知名商人的妻子來到他的辦公室。她坐下來，像電影《第六感追緝令》中的莎朗．史東一樣，翹起一雙美腿又放下，一口氣直接了當地說：

「我要你殺了我丈夫。」

「什麼？」

「慢慢來。慢慢殺掉。」

蒙特坐在椅子上，身體往前傾，沉默注視良久，向對方施壓。女人絲毫沒有垂下眼。

「我給你十萬美元。」

蒙特知道這名商人，他是一個不擇手段的投機者，從馬克思主義時代就開始四處揩油，假借公共工程中飽私囊。

「這麼小的差事，你出的價錢挺不錯。」

「所以你接受了？」

「你為什麼要殺他？」

「我受夠了他的背叛，我想看他死。你願意接嗎？」

「不。」

「你不接？」

「我不接。我可以毫無悔意殺了他，甚至獲得某種程度的快感，尤其是慢慢地來，但你沒有給我合適的動機。」

女人憤而離去。幾星期後，報紙報導了商人的死訊。他在車中試圖抵抗搶匪，遭到槍殺。

直到今天，偶爾聽到有人談論西蒙——皮耶．穆蘭巴的失蹤事件時，蒙特仍會不禁嘴角微揚。旁人看見他的笑容往往想得負面，他們認為，這個頑固的馬克思主義者，天性與職業使然的懷疑論者，肯定是在嘲笑大眾的迷信。當時，蒙特對那次行動的失敗感到相當惱火，他不能忍受犯錯，不管是自己或別人的錯，即使整場混亂最終的結果令他滿意。最後，他辭職了。「那是壓垮我無盡耐心的最後一根稻草。」他對朋友這麼解釋。戰爭已經結束，魯安達的飯店裡，來自葡萄牙、巴西、南非、以色列的商人摩肩接踵，只為在這個正在瘋狂重建的國家，尋覓快速賺錢的商機。上頭某間有空調的豪華辦公室，下達命令要讓一名記者閉嘴，這位記者名叫丹尼爾．班奇莫，是失蹤事件的專家。他為了波音七二七的失蹤案，數星期來詢問機師、技師、商人、娼妓、旅行推銷員、反對派政客和政府官員，所有人都問遍了。那架飛機在黎明時分消失無蹤，重達四十五噸的固體金屬，實在是無人能解的怪事。

「一切堅固的事物都煙消雲散。」蒙特喃喃說道。他想到了馬克思，且如同馬克思，他想的不是飛機，而是資本主義。在安哥拉，資本主義像廢墟裡的黴菌一樣滋生茁壯，開始侵蝕一切，腐敗一切，也因而招致自身的滅亡。

蒙特認識那名記者，還認為他是個誠實人。在那個眾人選擇向魔鬼出賣靈魂的領域，他甚至有點理想主義。他署名撰寫的報導儘管以幽默緩和語氣，仍激怒新興資產階級，令他們相當頭痛。他的祖先是摩洛哥猶太人，從十九世紀中葉開始定居本吉拉，後來改信基督教，並經歷跨種族婚姻。他的祖父艾伯托．班奇莫是位備受敬愛的醫生，屬於「庫里貝卡」的一員，即安哥拉共濟會。庫里貝卡一詞來自歐文班圖族，意思是介紹自己或奉獻自己。庫里貝卡創立於一八六〇年，在本吉拉、卡通貝拉和莫薩梅德斯設有分會，似乎啟發了多次民族主義傾向的起義。這位年輕人繼承了祖父的坦率，這也是蒙特欣賞的特質。因此當蒙特接到要記者閉嘴的命令時，他無法抑制心中的厭惡：

「這個國家徹底變了，竟然要正直的人為有罪的人付出代價。」

他在兩位將軍面前自信地高聲道出這番觀察，顯然未獲得太好的效果。其中一位將軍挺起身子：

「世界已經變了。黨知道跟上世界的腳步，實行現代化，這就是我們依然存在的原因。同志，你應該思考歷史進程，多讀點書。你和我們一起工作多少年了？打從一開始對吧？我想你現在反對我們已經太遲了。」

另一位將軍聳聳肩：

「蒙特同志說話喜歡挑釁，他一直是這樣，專門煽動人的特務嘛，這只是他的風格。」

蒙特接受了。服從命令，發號施令，這就是他大半輩子的寫照。他派人監視那名記者，發現他固定每週六在巴拉度廣薩的一間小旅館訂一間小屋，跟某知名政治家的妻子幽會。他通常在四點左右到達，他的情人晚一個小時現身，而且從不逗留太久，反觀男方會縱容自己待到隔天早上，吃過早餐，這時才回家。

洩漏獵物弱點的，往往是規律。

蒙特有個好朋友收藏蛇和棕櫚樹。獨立後幾個月，烏利．波拉克來到魯安達，他是從德國國家安全部借調過來，協助安哥拉革命的。他娶了比他小十五歲的本吉拉女子，兩人育有兩個孩子。東德瓦解後，他申請入籍，取得安哥拉身分。他是個謹慎寡言的人，靠產銷瓷玫瑰營生。他將宅邸建在牡鹿山邊，圓形的陽臺大如廣場，且幾乎整座陽臺都俯瞰著水面。正是在那裡，在大海吞沒夜色之際，他款待他的好友，兩人坐在舒適的藤椅上喝著啤酒，談論安哥拉的局勢、對伊拉克的入侵，以及城裡混亂的狀態。烏利一直等到黑暗籠罩一切才開口：

「你不是專程過來討論交通的吧？」

「你說得沒錯。我需要跟你借一條蛇。」

「我早料到總有一天你會過來提出這種請求。我愛我的蛇，牠們可不是武器。」

「我很清楚。這是我最後一次請你幫忙了。當年你決定轉換人生跑道賣花，很多人都笑你，但那是明智的決定。」

「你也可以。」

「賣花嗎？我對花一無所知。」

「花店、麵包店、托兒所、禮儀社……在這個國家，一切都剛起步，任何生意都能成功。」

「生意？」蒙特笑了。一個苦澀的笑。「我沒有生財的本事，再好的生意也會被我搞砸。我這輩子頂多湊合著過，這一點我已經認了。總之把蛇給我，然後忘了這件事吧。」

次日夜裡，他的一名手下到達班奇莫投宿的旅館。這個全副武裝的壯漢來自馬蘭哲，外號「毒蟻」。時間已過午夜，外頭下著柔柔細雨，毒蟻敲了六號小屋的門。一位英挺的黑白混血男人開了門，他穿著一襲漂亮的絲質睡衣，金屬藍底白條紋。特務舉槍指著他，左手食指貼在嘴唇上，做了一個意味深長的手勢：

「噓！乖乖閉嘴，我可不希望有人受傷。」他把混血男人推進屋，讓他坐到床上。他絲毫沒有撤下手槍威脅的意思，從外套口袋掏出一只藥瓶。

「吞兩顆，去躺好。你會睡得像嬰兒一樣，明天開開心心醒來，只是變窮了點。」

按照計畫，班奇莫會吞下藥丸，幾分鐘後睡去，此時，毒蟻會戴上厚厚的皮手套，從背包裡抓出老烏利的珊瑚蛇。他會緊緊按住蛇頭，引導牠去咬那名記者。最後，他再神不知鬼不覺地悄悄離開，把蛇留在房間裡。次日早晨，清潔婦會發現屍體、毒蛇和藥瓶，按下警鈴。接著是眾人的尖叫聲，啜泣聲。葬禮上感人的致詞。完美的犯罪。

可惜，混血男人拒絕按照劇本演出。他沒有吞下藥丸睡著，而是咒罵一句法語，把藥瓶扔到地板上。他正要起身，這時毒蟻猛力一擊，將他打倒在地。男人癱倒在床不省人事，嘴唇綻裂，大量出血。毒蟻繼續執行原定計畫。他將藥丸塞進混血男人的喉嚨裡，戴上手套，打開背包，按住蛇頭，讓牠去咬男人的脖子。就在此時，又一個出乎意料的狀況發生了。蛇凶狠地咬住了特務的鼻子。毒蟻抓住蛇使勁拉扯，但蛇並未立刻鬆開，最後他好不容易把蛇拽了下來，甩到地板上，用大腳拚命地踩。他在床沿坐下，渾身發抖，從背包裡掏出手機，打給蒙特：

「老大，這裡有狀況。」

蒙特人在旅館門口的車裡等待，聞言連忙奔向六號小屋。門是關著的。他輕敲門。沒人應。他敲得更用力。門開了。眼前的人衣衫不整，只著內褲，但顯然生龍活虎非常健康。這人正是丹尼爾．班奇莫。

「打擾了，您還好嗎？」

記者驚訝地揉揉眼：

「我應該不好嗎？」

蒙特匆忙編了一個藉口，說有房客聽見尖叫，也許是夜行鳥在追捕獵物，貓在發情，或者有人做惡夢吧。他再次致歉，祝福呆愣的記者有個寧靜的夜晚，然後離去。他打給毒蟻：

「你該死的哪裡去了？」

他聽見一陣呻吟，聲音越來越微弱。

「我快死了，老大。快來。」

蒙特靈光一閃。他跑向九號小屋，發現確實如他所想，門上的金屬號碼鬆了，往下倒轉成了數字六。門虛掩著。他走了進去。毒蟻面對門口坐著，臉部腫大，鼻子腫得尤其厲害，眼皮下垂。

「老大，我完了。」他抬起雙手，緩慢做出無可奈何的動作。「那蛇咬了我。」

在他身後，蒙特看到有另一個人，嘴角淌血。

「見鬼了，毒蟻！那傢伙是怎麼回事？他是誰？」

他往掛在書桌旁椅背上的外套直直走去，翻遍每個口袋，找到了皮夾和護照：

「法國人！我靠，毒蟻，你殺了一個法國人！」

他將吉普車開過來，把毒蟻扶上副駕駛座，正要拖出已無氣息的穆蘭巴，這時一名旅館警衛出現嚇了他一跳。

「這下好了！」蒙特嘆了口氣。連串的厄運之後總算有好運降臨。這個人在那段艱苦歲月曾是他的下屬。他立正敬禮：

「指揮官好！」

警衛幫蒙特把穆蘭巴抬到吉普車後座。他取來乾淨床單，兩人一起鋪好床，清潔房間，把蛇（的殘骸）塞進毒蟻的背包。蒙特給了警衛一百美元好讓他快點忘記這整件事，正要離去時，他注意到法國人在魯安達四處遊玩戴的那頂氈帽。

「我要拿走這頂帽子，還有一些衣服。沒有人會穿著睡衣失蹤。」

他先將毒蟻送到軍醫院，又繼續開了一小時的車，來到幾年前買下的一塊地。他打算建一棟木屋，刷成藍色，和妻子兩人遠離魯安達的喧囂，在此安度晚年。他將吉普車停在一棵巨大的猴麵包樹旁。那晚夜色很美，一輪銅色明月當空，渾圓緊緻如鼓皮一般。他從後車箱取出一把鏟子，動手在雨後濕軟的泥土上挖出一口墓穴。此時，他的腦海響起一首奇科．布華奇的[43]舊曲：「你躺臥的墳墓／徒手丈量而成／是你向土地索取過的最小一筆開銷／墳墓大小合適／地基不須太深／是整座種植園裡僅屬於你的份額。」他靠在猴麵包樹上哼唱：「墳墓非常寬敞／足夠容納你卸下的皮囊／但比起在世的時候／你會成為更偉大的人。」

高中二年級，他在萬波加入一個業餘劇團，演出音樂劇《塞維里諾的死與生》，

43 Chico Buarque（1944-），巴西著名音樂人、作家，經常在作品中提出對巴西社會、文化、政治透徹的觀察與見解。

這齣劇改編自若昂·卡博拉爾·德·梅洛·內圖[44]的詩，並由奇科·布華奇譜曲。這個經驗改變了他看世界的方式，因為在劇中飾演一名出身巴西東北部的貧苦農民，他理解到殖民體制的矛盾與不公。一九七四年四月，他在里斯本攻讀法律，街上到處湧現紅色康乃馨，他買了一張票，返回魯安達發起革命。這麼多年過去了，如今他在這裡，哼著〈勞動者的葬禮〉，挖一座無名塚，埋葬一位不走運的作家。

凌晨四點，他再度回到魯安達。他思忖著下一步該如何行動，又該如何合理化法國人的失蹤，此時正好途經基納西謝市場，他靈機一動。他將車停妥，下車，帶著死者的帽子繞到一棟樓後面，這棟樓緊鄰一間名為「也許，也許」的夜總會，就是穆蘭巴那晚去過的地方。他把帽子擱在潮濕的地面上。有個孩子倚著垃圾箱睡著了，他猛地一捶，把男孩驚醒：

「你看到了嗎？」

44 João Cabral de Melo Neto（1920 - 1999），巴西著名詩人、外交官，巴西現代主義後期最具影響力作家之一。

男孩跳了起來，一臉困惑。

「看啥？老頭。」

「那裡，那頂帽子的地方！剛才有個很高的黑白混血男人在小便，突然間，他整個人被地面吞了進去，不見了，只留下帽子。」

男孩滿是雀斑的大臉轉向他，瞪大眼：

「哇，不得了！你真的看到了？」

「真的啊，我看得一清二楚。他被地面吞噬了。先是出現一道亮光，然後就什麼也沒了，只剩帽子。」

他們呆立原地凝視那頂帽子。兩人的震驚引起其他三個孩子注意，他們走近，既畏懼又帶挑釁地說：

「拜亞庫，怎麼啦？」

拜亞庫轉過身來，神情得意洋洋。接下來幾天大家都會聽他的。每個人都會簇擁著他，聽他說話。肚子裡有好故事的人，基本上就是國王。

薩巴魯與他的死者

薩巴魯敲掉牆的那天，露朵向他坦承心中最大的惡夢：她殺了一個人，就埋在露臺上。男孩的反應卻一派淡然。

「奶奶，那是很久以前的事了，就連他現在也不記得了。」

「哪個『他』？」

「你的死人，那個往生者。我媽媽說死人會失憶，而且如果活著的人記性差，死者會更痛苦的。你每天都記得他，那是好事。你想起他的時候應該要笑，要跳舞。你應該要像和幽靈說話那樣和他說話。說話能讓往生者平靜下來。」

「這也是你從媽媽那裡學來的嗎？」

「是的。我媽媽在我還小的時候就死了，我變成孤兒。我會和她說話，但是現在沒有那雙手保護我了。」

「你還是個孩子。」

「我不能啊，奶奶。離開了媽媽的手，我要怎麼當個孩子呢？」

「我的手可以給你。」

露朵已經太久沒和人擁抱，有點生疏了，薩巴魯還得把她的臂膀抬高起來。事實上，也是他自己依偎到老太太懷裡，之後才開始說起母親的事。她是一名護士，因為反對屍體交易而遭到殺害。她在北部某個城市的醫院工作，醫院裡的屍體有時會不翼而飛，因為有些員工會將器官賣給巫醫，藉此讓微薄的薪水增加五倍。薩巴魯的母親菲洛米娜開始反抗腐敗的醫院員工，進而反抗那些巫醫。她開始遇上麻煩。下班時，一輛車子突然向她衝來，差點撞上她。她的住處被盜賊闖入五次，還在門上釘了符咒，留下辱罵威脅的字眼。這些都阻擋不了她。十月的一天早晨，在市場，一個男人靠了上來，一刀刺進她的腹部。他目睹母親倒地，用氣若游絲的聲音說：

「兒子，快逃！」

菲洛米娜是懷著身孕從聖多美來到這裡的。她戀上安哥拉武裝部隊的一名年輕軍官，他有明亮的眼睛、寬闊的肩膀、溫暖的嗓音，經常笑容滿面。軍官把她從魯安達帶到那座北部城市，兩人一起生活了八個月，迎接薩巴魯的誕生。隨後，他赴南部執行任務，任務應該只需幾天便結束，他卻再也沒有回來。

薩巴魯奔過市場，一路撞倒水果籃、啤酒箱、啾啾叫的藤編鳥籠，引爆激烈的抗議聲，一直跑到家門口才停下腳步。他呆立在那裡不知所措，此時門開了，一名猙獰的黑衣人像猛禽一樣撲向他，男孩躲開攻擊，在柏油路上滾了一圈站起來，又頭也不回的繼續往前跑。

一名貨車司機同意載他去魯安達。薩巴魯據實以告：他的母親死了，父親失蹤。他希望到魯安達後能找到親戚。他知道父親名叫馬西安諾．巴羅索，他是（或曾經是）武裝部隊的上尉，去南部執行任務沒了消息。他也知道父親是魯安達本地人，祖父母家在那個偌大的基納西謝廣場。他記得自己聽母親提過這個名字。她告訴薩巴魯，大廣場上有一座潟湖，湖水顏色很深，裡面住了一隻人魚。

貨車司機讓他在基納西謝下車，並把一疊鈔票塞進他的口袋：

「這些錢應該夠你付一星期的房間租金，還有飲食開銷。希望你能在這段時間找到父親。」

男孩苦惱著，在附近徘徊好幾個小時。他先是走近一名駐守在銀行門口，身材臃腫的警察：

「先生，請問您認識巴羅索上尉嗎？」

警察瞪他一眼，眼中閃著怒火：

「走開，你這個小無賴，走開！」

一名賣菜的女人同情薩巴魯，她停下來聽他說完，還幫忙喊來幾個人，其中一位記得有個叫做亞當·巴羅索的老人住在庫卡大樓，幾年前過世了。

飢餓驅使薩巴魯踏入一間小酒吧時，天已經晚了。他怯生生地坐下來，點了湯和可樂，正要離開時，一個頭臉浮腫、皮膚糟糕的年輕人把他按到牆上：

「小子，我叫拜亞庫，我是基納西謝之王。」他指著公園中央的一座女人雕像。

「她是我的女王，津加女王[45]，我是大津加王。你身上有錢嗎？」

薩巴魯哭著縮起身體。另外兩個男孩從暗處冒出來，站到拜亞庫的左右兩側，防堵他逃跑。他們倆長得一模一樣，體型矮小結實，像極比特犬，黯淡無光的眼睛，形狀漂亮的嘴唇，露出同樣全神貫注的微笑。薩巴魯把手伸進口袋，拿出鈔票，拜亞庫一把搶了過來：

「讚啦，老弟。今天晚上你可以跟我們一起睡，在箱子那裡。我們會罩你。明天你就開始上工。你叫什麼名字？」

「薩巴魯。」

「很高興認識你，薩巴魯。這是狄奧哥！」

「哪一個？」

「兩個。狄奧哥就是他們倆。」

---

45 Queen Ginga，名Nzinga Mbande（1583 - 1663），安哥拉姆班杜人的恩東戈（Ndongo）與馬塔姆巴（Matamba）兩國女王，富政治外交智慧，擅長軍事謀略，持續與葡萄牙人交涉征戰，後在非洲被視為民族英雄，安哥拉首都魯安達設有一座她的雕像。

薩巴魯花了一段時間才明白，這兩個身體實際上是一個人。他們的行動整齊一致，或者說，他們像花式游泳選手般和諧共振。他們會同時說出同樣零星的幾個字。他們發出相同的笑聲。他們流下同樣的淚水。孕婦看見狄奧哥會嚇得暈厥，孩子們避之唯恐不及。然而，狄奧哥的本性似乎沒有絲毫惡意。他有著蘇利南櫻桃樹般的善良心腸，這種樹在陽光下結果，儘管果實不顯眼也不常見，這種坦蕩更多是出於疏忽，而非明確的精神意志驅使。拜亞庫要狄奧哥在大飯店外唱歌、表演庫杜魯舞[46]，藉此為自己賺了不少錢。外國人經常看得如癡如醉，留下豐厚的小費。曾有葡萄牙記者寫了一篇關於庫杜魯舞者的小報導，附上一張狄奧哥摟著拜亞庫的照片。拜亞庫總是隨身攜帶文章剪報，收在後口袋裡。他會自豪地說：

「我是街頭企業家。」

薩巴魯從洗車工作做起，把收入繳交給拜亞庫。街頭企業家為大家提供伙食，也為自己買香菸啤酒。有時他喝得太多就會高談闊論起來，說些看似富有哲理的

46 Kuduro，是來自安哥拉的音樂舞蹈，一九八〇年代末在魯安達發展出來，以快節奏、充滿活力和適合跳舞而聞名。

話，譬如：

「真相就像一雙磨穿鞋底的鞋，屬於一個不懂得說謊的人。」

他變得火爆易怒。有一次，狄奧哥被其他幾個孩子偷走一臺小型電池收音機，那是拜亞庫之前趁著塞車，從困在車陣中的一輛吉普車後座摸走的。當晚，拜亞庫在潟湖邊生了火，把一塊鐵片燒到通紅，然後叫來狄奧哥，抓住他的一隻手往金屬板上貼。狄奧哥的兩個身體拚命扭動，兩張嘴同時迸出尖聲哀號。薩巴魯受不了狄奧哥散發的燒焦味與絕望，難過得嘔吐起來。

「你太軟弱了。」拜亞庫啐了一口。「這樣永遠當不了王。」

既然沒指望變成王者，起碼得成為男子漢。從那天起，為了讓薩巴魯成為男子漢，拜亞庫開始帶著他參與小型的偷竊行動。這通常發生在傍晚，資產階級開車返家，塞在車陣裡煎熬數小時的時候，總會有某個可憐鬼，要麼空調故障需要通風，要麼想詢問旁人問題，搖下車窗。這時，拜亞庫會從暗處竄出來，臉上滿是痤瘡，眼冒怒火，手拿碎玻璃片抵住駕駛的脖子。薩巴魯趁機把手伸進車窗，拿走皮夾、手錶，任何觸手可及的值錢東西。最後，兩人再逃進混亂的車輛和人群中，留下人們的威脅叫囂聲、憤怒的汽車喇叭聲，偶爾還有槍聲。

爬鷹架是拜亞庫的主意。他指示薩巴魯：

「你爬上去，看看有沒有窗戶開著，進去的時候別發出聲音。這個我做不來，我很怕高。而且爬得越高，我就覺得自己越矮。」

薩巴魯爬上露臺。他看見一地死雞。走下樓梯，他發現一間被剝得精光的公寓。沒有家具，沒有門，也沒有地板。滿是文字和奇怪圖畫的牆壁讓他心生恐懼。他慢慢向後退回樓梯。他告訴拜亞庫上面什麼也沒有。但是第二天晚上，他再度爬上鷹架。這一次，他壯起膽子，踩著僅存的幾塊木地板穿過公寓，發現臥室裡有一位老太太在床上睡著，衣服收整在角落。廚房是這間房子唯一看似正常的地方，除了被煙燻黑的牆壁以外。裡面有一張大理石檯面的桌子，看上去很厚重，此外還有烤箱和冰箱。男孩拿出口袋裡的圓麵包，放到桌上。他的口袋裡永遠帶著一個圓麵包。他在抽屜裡發現一套銀製餐具，把餐具收進背包便離去。他將餐具交給拜亞庫，少年吹了口哨，很是讚賞：

「幹得好，小子。你沒找到錢嗎？首飾呢？」

薩巴魯回答沒有。他說上面比魯安達的街頭還要窮。拜亞庫不相信：

「你明天再回去。」

薩巴魯只是點點頭。他要了錢買麵包，把麵包、一條奶油和一瓶可樂放進背包，爬上大樓。他空手而歸時，拜亞庫勃然大怒，撲上去對薩巴魯拳打腳踢，把他打倒在地。這還不夠，他繼續踢他的頭，他的脖子，直到狄奧哥抓住他的手臂，將他拉開。隔日夜裡，薩巴魯又爬上露臺。這一回，他發現露朵倒臥在地，驚慌失措地下來。他求拜亞庫讓他買藥，說老太太跌倒了，情況看起來很嚴重。拜亞庫不為所動：

「我可沒看見你背上有長翅膀，薩巴魯。既然沒有翅膀，就別裝天使。讓老女人自生自滅去吧。」

薩巴魯陷入沉默。他陪拜亞庫和狄奧哥去了羅克桑泰羅市場。他們賣掉餐具，接著到附近的一間酒吧吃午餐。架高的酒吧搭建於樁柱上，聳立於市場的混亂與喧鬧之中。薩巴魯等拜亞庫喝完啤酒，大起膽子問他，那錢自己是否能分得一點。畢竟，是他把餐具帶回來的。少年火冒三丈：

「你要這些錢做什麼？你要什麼我都會給你。我就像你爸爸一樣。」

「讓我看看那些錢就好。我從來沒看過那麼多鈔票。」

拜亞庫把厚厚的一疊鈔票遞給他。薩巴魯一把抓住，隨即從露臺一躍而下，摔到沙地上。起身時，他的膝蓋流血了。他拔腿狂奔，鑽過人群縫隙，拜亞庫則靠在露臺邊上大聲咒罵威脅：

「小偷！王八蛋！我要殺了你！」

薩巴魯買了藥和食物，回到基納西謝時天已經晚了。見拜亞庫和狄奧哥坐在鷹架旁，他湊近另一個孩子，遞給他五張鈔票：

「告訴拜亞庫我在維德酒吧等他。」

男孩跑開，替他傳了話。拜亞庫立刻跳起來，狄奧哥緊跟在後，兩人朝另一方向離去。薩巴魯爬上鷹架，直到抵達露臺才總算鬆了一口氣。

班奇莫調查露朵的失蹤

丹尼爾・班奇莫把瑪麗亞・達・皮達德・羅倫索的信讀了兩遍。他聯繫父親的一位地質學家友人，那人畢生致力於鑽石勘探。老維塔里諾對奧蘭多記得很清楚：

「人很好，其貌不揚。很瘦，很僵硬，總是整個人繃緊站著，好像襯衫裡有釘子似的。大家都叫他刺蝟。沒有人想跟他一起喝咖啡，他也不參加交際。獨立前不久他就消失了。趁亂，往自己口袋裡塞幾顆鑽石，逃到巴西去了。」

班奇莫在網路上搜尋，找到上百個叫奧蘭多・佩雷拉・多斯桑托斯的人。他耗費好幾小時，追查一切線索和相關記錄，冀望能從人名關連到他要找的那個人。可惜一無所獲。他覺得納悶。像奧蘭多這樣的人，若在巴西生活二十多年，或只要生活在除了阿富汗、蘇丹、不丹以外的任何地方，勢必會在這浩瀚的虛擬網路上留下蛛絲馬跡。他又打電話給維塔里諾：

「這個叫奧蘭多的傢伙在安哥拉有家人嗎？」

「也許。他是卡戴特人。」

「卡戴特？我以為他是葡萄牙人！」

「不，百分之百卡戴特人。他的膚色很淺。四二五革命後，他就堅持提醒大家他的出身。他還炫耀和曼古西[47]住一起過。你會相信嗎？一個這麼多年來從來沒反對過殖民主義的人。不過為了公正起見，我也要說一句，他從來沒跟種族主義者有生意往來，從來沒有。他行事一向正派，只是不論面對白人黑人都一樣自大傲慢。」

「他的家人呢？」

「對，說到家人。我記得他有一個表弟叫維多里諾．加維昂。」

「那個詩人？」

47 Manguxi，是安哥拉首任總統內圖（Agostinho Neto）的筆名，他的故鄉是卡戴特。

「或者遊手好閒的傢伙。隨便你想怎麼叫。」

班奇莫知道哪裡可以找到維多里諾．加維昂。他穿過街，走進「摩托騎士」酒吧。這間老字號啤酒館在此時段幾乎門可羅雀。靠裡頭的桌子坐了四個打牌的男人，原本大聲爭執著，見他走近倏地安靜下來。

「小心哦！」其中一人話中帶刺。他故作竊竊私語，但分明想讓記者聽見。「官方媒體來了。我們政府的喉舌，政府的耳目喲。」

班奇莫怒火中燒：

「如果我是政府的喉舌，你們就是垃圾。」

方才壓低嗓子那位出面緩頰：

「別生氣，同志。喝杯啤酒。」

維多里諾．加維昂悻悻一笑：

「我們是希臘悲劇裡的歌隊，國家良心的聲音，這才是我們的角色。我們坐在這昏暗的角落，討論悲劇的進展，沒有人理會我們發出的警告。」

無情的禿頂奪走了他吉米．罕醉克斯式的濃密爆炸頭。一九六〇年代，他在巴黎就是仗著這頭髮型宣稱自己的「黑人性」。憑他現在的模樣，那顆光滑圓亮的頭，即便在瑞典也可能被當作白人。好吧，瑞典也許不行。他提高聲音好奇地問：

「有什麼消息？」

記者拉了一把椅子坐下。

「你認識一個叫奧蘭多．佩雷拉．多斯桑托斯的採礦工程師嗎？」

加維昂停頓片刻，臉色煞白：

「他是我親戚。我的表哥。他死了嗎？」

「我不知道。他死了你會得到什麼好處嗎？」

「那傢伙在獨立那陣子消失了。據說拿走一袋鑽石。」

「你覺得他還記得你嗎？」

「我們交情不錯。刺蝟最初幾年完全銷聲匿跡，我並不意外。假如我偷了一袋鑽石，我也希望別人把我忘了。他確實被遺忘了。大家早就把他忘得乾乾淨淨。你為什麼要問這個？」

記者給他看了瑪麗亞．達．皮達德．羅倫索的信。加維昂記得露朵。那時他總感覺她有些心神不寧，如今明白了箇中原因。他記得去豔羨之樓的表哥家拜訪的情景。以及獨立前那段日子洋溢的狂喜。

「早知道事情會演變成這樣，我就留在巴黎了。」

「你在那裡做什麼？在巴黎？」

「什麼也不做！」加維昂嘆道。「什麼也不做，像現在一樣。但至少我是高雅的，我能當個『漫遊者』。」

同日下午，離開報社後，班奇莫步行至基納西謝。豔羨之樓看上去依然相當老舊，不過大廳才剛重新粉刷，空氣清淨宜人。電梯口有一名警衛駐守。

「這能用嗎？」記者問。

對方笑了，很是得意：

「差不多了，長官，差不多都沒問題了！」

他請班奇莫出示證件，然後才叫來電梯。記者步入電梯，上到十一樓。出來後，他停頓了一會兒，驚訝於乾淨的牆面和發亮的地磚。只有一戶與周圍格格不入，那就是十一樓D，門上布滿刮痕，中央偏高處有一個小洞，狀似彈孔。記者按了門鈴，沒聽見鈴聲，於是用力敲了三下。一個男孩前來應門。一雙大眼睛，成熟的表情，出現在如此年輕的面龐上，令人詫異。

「你好。」記者向他打招呼。「你住在這裡嗎？」

「是的，先生。我和我奶奶一起住。」

「我能跟你奶奶說話嗎？」

「不行。」

「沒事的，孩子。我跟他談。」

班奇莫聽見一個虛弱沙啞的嗓音，隨後一位非常蒼白的女人拖著一條腿出現，一頭灰白長髮紮成兩條粗辮。

「我是露朵薇卡．費南德斯。請問先生有何貴幹？」

香松豆藍調（二）

老人看著一月來臨，並且悄悄包圍了庫瓦勒人，有如一個陷阱。先是乾旱，許多牛死了。他們往東遷徙，翻越重重山嶺，空氣變得清甜，土壤濕涼柔軟。他們發現些許牧草，幾個泥濘的水坑，他們繼續前行，努力辨認隱隱約約的青綠痕跡。然而橫在眼前的圍籬教他們措手不及，彷彿突來一聲咒罵，侮辱了升起的晨光。牛群停下腳步。緊張的年輕男人聚集起來，又驚又怒地高聲叫嚷。他的兒子安東尼奧走近，一身大汗淋漓。他相貌英俊，鼻樑挺直，有個翹下巴，臉上因為使勁加上怒火漲得通紅：

「我們該怎麼辦？」

老人坐下。這圍籬綿延數百公尺，右端從一叢纏夾的懸鉤子探出，當地人稱此植物為「貓爪」，左端則沒入一片更濃密、更尖刺的惡夢叢林，其中交雜著野生灌木、燭臺狀的高大仙人掌和香松豆樹。圍籬後面，有一條白色鵝卵石鋪成的小水道，每年此時，總會有一條小溪在此處匯聚流淌。

傑雷米亞．卡拉斯科挑揀一根樹枝，將地面的沙子撫平，開始在上頭寫了起來。安東尼奧蹲在一旁。

那天下午，他們推倒圍欄，闖到了另一邊。他們覓得一點水源，還有不錯的牧場。開始刮風了。風拖著沉重的陰影，彷彿它攜帶著破碎的夜晚，那是從某個更遠的沙漠裡撕扯出來的。他們聽見引擎聲，接著在漫天沙塵的昏暗中，看見一輛載著六名武裝人員的吉普車。其中有一個骨瘦如柴的黑白混血男人，落魄的模樣像隻渾身濕透的貓，右手揮舞著一把 AK-47 突擊步槍向他們走來。

他用葡萄牙語和恩昆比語[48]大喊，話語被風吹得破碎，僅有幾句傳到傑雷米亞的耳中：

48 Nkumbi，是安哥拉班圖語支的一種。

「這是私人土地！立刻離開！離開！」

老人抬起右手，試圖阻止身旁年輕人的衝動。太遲了。一個又瘦又高，甫新婚娶妻的年輕小伙子，族人喊他「斑馬」，率先丟出他的細木柄長矛。武器在驚惶的天空中劃出一道優雅的弧線，然後伴隨一乾澀的碎裂聲，在距離混血男人的靴子僅幾公分處扎進土裡。

短暫一瞬的靜寂。彷彿連風都減緩了吹襲。然後那名警衛舉槍，開火。

倘若發生在正午的烈日下，這勢必會演變為一場屠殺。不僅來的警衛六人全副武裝，部分牧民待過軍隊，也擁有武器。然而當時四下昏暗，狂風呼嘯，最終只有兩顆子彈成功命中。斑馬的一隻手臂受了輕傷，混血男人的一條腿中彈。雙方撤退，但兵荒馬亂中，不少牛隻被落下了。

次日夜裡，一群年輕牧民在斑馬的率領下再次進入牧場。他們帶回一些原本走失的牛、六頭不屬於他們的母牛，還有一名十四歲的男孩。據斑馬說，那男孩騎馬追趕他們，著魔似的大吼大叫。

傑雷米亞心裡一驚。盜牛是傳統習俗，三天兩頭就要上演，譬如這次的情況，就有某種交換意味。擄走男孩則不同，這舉動可能真的會釀成禍端。他遣人把男孩喚來。少年有一雙碧綠的眼眸，狂亂不羈的頭髮紮成了馬尾。他這種人在安哥拉經常被稱為「消失的邊境」，因為在陽光下他們看似白人，到了黃昏，旁人才察覺他們其實有部分黑白混血。當地人遂得此結論：有時在遠離光線之處，你才能更了解一個人。男孩輕蔑地看著老人說：

「我外公會殺了你！」

傑雷米亞笑了。他在沙地上寫下：

我以前死過一次。第二次也許會更得心應手。

男孩驚訝地囁嚅了些什麼，隨後哭了起來：

「先生，我叫安德列．魯索，我是魯科將軍的外孫。請告訴他們不要傷害我，讓我走吧。你們可以把牛留下，但是請放了我。」

老人努力說服年輕人釋放安德列。他們要求對方歸還所有的牛，並保證他們可以穿越莊園尋找更好的牧場。他們爭論了三天，就在此時，傑雷米亞看見過去的幽靈在他面前蹲了下來。對方老了，這種情況並不總是發生——有時過去穿越數百年而來，依然毫無歲月侵蝕的痕跡。但這回不同：此人變得憔悴許多，臉面布滿皺紋，所剩不多的頭髮幾乎全無顏色。不變的是，他的聲音依然堅實有力。當傑雷米亞發現自己與蒙特面對面，看見他站起身又被摺倒，目睹他逃開、被年輕牧民追趕，那一刻，傑雷米亞想起了奧蘭多·佩雷拉·多斯桑托斯和他的鑽石。

庫邦戈河不尋常的命運

納賽．伊凡傑利斯塔對自己的新工作十分滿意。他穿著整潔的藍色制服，大多時候都坐在辦公桌前看書，一邊用眼角餘光留意門口動靜。在魯安達聖保羅監獄關押的那些年，他養成了閱讀的愛好。獲釋後，他做起手工藝，在十一哩市場雕刻面具。一日下午，他遇到當年同牢房的獄友小酋長，小酋長剛搬入基納西謝的豔羨之樓，並邀請他去那裡擔任大門守衛。

「那是一份很清靜的工作，」企業家小酋長向他保證：「你可以看書。」

單憑這一點，他被說動了。那天早晨，納賽．伊凡傑利斯塔正在第七次重讀《魯濱遜漂流記》，此時他注意到一個相貌醜陋，滿臉痘子的男孩，在大樓入口處徘徊。納賽標記讀到的頁面，把書收進抽屜後，起身邁步到門口：

「喂，花臉小鬼！你到我們大樓想做什麼？」

年輕人面有懼色，靠近說：

「請問大樓裡是不是住了一個男孩？」

「有好幾個呢，孩子。這棟樓可是一座完整的城市。」

「一個七歲的男孩，名字叫薩巴魯。」

「啊，有的！薩巴魯，我知道他。十一樓E。很乖的孩子，和奶奶一起住，但我從來沒見過他奶奶，她平常足不出戶。」

就在此時，另外兩人出現了。納賽看著他們走近，目瞪口呆，這兩人一身黑衣，彷彿剛從科多．馬提斯[49]的冒險故事走出來的人物。較年長的那位頭戴一頂紅黃條紋的穆庫巴族帽，脖子上套著一圈圈項鍊，手腕戴著一串粗大的手鐲。他穿著一雙老舊的皮革涼鞋，露出皮膚龜裂、覆滿灰塵的大腳。老人身旁的年輕人又高

49 Corto Maltese，義大利漫畫大師雨果．帕特（Hugo Pratt）自一九六七年起創作的漫畫系列，以航海冒險家馬提斯為中心，揉合豐富的文史地理背景，聞名國際。

又瘦，優雅的儀態，儼然在走伸展台。他也戴手鐲項鍊，但這些飾物穿戴在他身上顯得十分自然，頭上的圓頂禮帽也是如此。兩人毫不猶豫地走向納賽。我們要上樓，年輕人告訴他，同時做了一個不耐煩的手勢示意守衛讓開。納賽收到非常嚴格的指令，要求來訪者必須確認身分證或駕照號碼，否則不得入內。他正要將兩人擋下，此時拜亞庫一溜煙繞了過去，衝上樓梯，守衛連忙追上去。傑雷米亞和兒子叫來電梯，走了進去，搭上樓。在十一樓步出電梯時，老人感到一陣頭暈目眩，喘不過氣來，不得不靠著牆。他看見正在向露朵打招呼的丹尼爾．班奇莫，然後他認出了露朵，儘管他從未見過她的臉孔。

「我有一封信要給你。」班奇莫說。「也許我們進屋裡去比較好，這樣你可以坐下來，我們好好談。」

與此同時，馬格諾．莫雷拉．蒙特走進了大樓。他沒看見守衛，就自己按了電梯上去，途中聽見納賽追趕拜亞庫時的大喊：

「給我回來！你不能上去！」

正在家裡刮鬍子的小酋長也被警衛的吼叫聲嚇了一跳。他連忙洗把臉，套上褲子，走到門口查看梯廳究竟為何如此吵鬧。此時拜亞庫從他身邊飛竄而過，推開兩位牧民，在距離丹尼爾・班奇莫僅幾公尺的地方止步。然後電梯門打開了。前囚犯赫然發現，眼前與自己面對面的，正是二十五年前對他百般嚴刑拷打的那個人。

拜亞庫從褲子口袋裡掏出一把彈簧刀，啪地亮出刀刃，朝薩巴魯威嚇：

「小偷！我要割下你的耳朵！」

男孩昂首直視：

「要來就來。我再也不怕你了！」

露朵把他推進屋：

「快進去，孩子。我們不該開門的。」

納賽・伊凡傑利斯塔撲倒拜亞庫，奪走他的武器：

「冷靜點，小鬼，別鬧了，有話好說。」

蒙特見小酋長面露驚愕，心中竊喜。

「哎呀，阿納多・克魯茲同志！每當我聽到有人批評安哥拉，我總會舉你為例。因為一個連瘋子、連政府的敵人都能發財的國家，肯定是相當慈悲的國家嘛！」

安東尼奧被這一連串事件弄得不知所措，他附在老人耳邊，用庫瓦勒人拐個彎的語言低聲說：

「父親，這些人沒有牛，他們對牛一無所知。」

班奇莫拉住露朵的手臂說：

「夫人，等等。至少把信讀了吧。」

小酋長用食指抵住蒙特的胸口：

「你這條鬣狗笑什麼？走狗當道的日子早就結束了。」

露朵遞回信封：

「我的眼睛已經沒辦法讀字了。」

蒙特推開小酋長的手，轉頭就看見傑雷米亞。這巧合似乎令他更加喜出望外：

「哇，又是熟面孔。上次我們在納米貝的見面不太愉快，至少對我來說。但這一回，你們可是來到我的地盤。」

班奇莫聽見蒙特的聲音，不禁打了冷顫，他轉過身對偵探說：

「現在我也想起來了，先生。西蒙—皮耶．穆蘭巴失蹤的那晚，你曾經把我叫醒。原本要消失的應該是我，不是他，對吧？」

此刻，眾人的目光都集中在前特務身上。納賽・伊凡傑利斯塔放開拜亞庫，他怒氣沖沖，舉起刀子朝蒙特逼近：

「我也記得你，先生，而且都不是些愉快的回憶。」

眼見自己被傑雷米亞、安東尼奧、小酋長、丹尼爾・班奇莫和納賽・伊凡傑利斯塔團團包圍，蒙特開始朝樓梯的方向後退。

「大家冷靜，大家冷靜——都是過去的事了。我們都是安哥拉人啊。」

納賽・伊凡傑利斯塔不為所動。他耳中只聽見二十五年前，自己在瀰漫便溺惡臭的狹小牢房裡發出的哭喊。他也聽見一個未曾謀面的女人，從另一同樣的黑暗深淵發出的哭喊。嘶吼聲，狗吠聲。他身後的一切都在吶喊，一切都在吠叫。他向前邁了兩步，一刀刺入蒙特的胸口。沒遇到阻力的感覺令他詫異，他將同樣的動作重複一遍又一遍。偵探面無血色踉蹌了幾步，伸手摸向自己的襯衫。沒看見血。衣服也完好無損。傑雷米亞米趁機抓住納賽的肩膀，把他往自己的方向拉，班奇莫將刀搶了過來。

「是假的。感謝上帝，這玩意是表演用的假刀。」確實如此。刀的刀柄中空，連著彈簧，只要用刀抵住東西，刀刃便會縮進去。

班奇莫拿刀刺擊自己的胸部和脖子，向眾人展示這武器確實是假的。隨後他撲到傑雷米亞身上，舉刀刺向納賽。他縱聲大笑，笑得歇斯底里，其他人也跟著笑起來。露朵也在笑，她緊抓著薩巴魯，淚水不斷滾落。

唯獨蒙特依然一臉嚴肅。他撫平自己的襯衫，挺直背脊，走下樓梯。外頭空氣在灼燒，一陣乾熱的風吹得樹木搖顫。偵探感覺呼吸困難。他的胸口很痛，然而痛的並非納賽的假刀刺中的位置，是更深的內裡，某個隱密、無以名狀的地方。他抹了抹眼睛，從褲子口袋裡取出墨鏡戴上。不知何故，此刻他憶起一幅景象，那是在歐卡萬戈三角洲，一隻漂在河上的獨木舟。

庫邦戈河越過納米比亞邊境後，名字就變成歐卡萬戈河。雖然它是條大河，卻沒有依循一般大川大河的命運：最終，它並未滙入大海，而是張開寬闊的手臂，消逝於沙漠間。這是一種崇高的死，一種慷慨的死，這死亡為喀拉哈里沙漠注入了綠意與生命。蒙特在歐卡萬戈三角洲的一間生態旅館度過結婚三十週年紀念日，這是他的孩子們送的禮物。那些日子很幸福，他和瑪麗亞·克拉拉抓甲蟲、捕蝴蝶、讀書、划獨木舟徜徉河上。

有些人害怕被遺忘，這是有病名的，叫被遺忘恐懼症。他的情況正好相反：他害怕的始終是永遠不被忘記。而在歐卡萬戈三角洲，他感覺自己被遺忘了。他感到快樂。

納賽助小酋長越獄的過程揭曉

人永遠是死於灰心喪志，也就是說，當靈魂令自己失望的時候，我們就會死去。這是小酋長的理論。為了佐證自己的理論，企業家道出他二度被捕的遭遇。面對惡劣的獄中條件、虐待和酷刑，他展現的勇氣不僅讓同受不幸的獄友吃驚，也令獄警和政治警察感到詫異。

但那並非勇氣。他坦言：

「那是出於激烈的叛逆，是我的靈魂在反抗不公不義。恐懼，是的，恐懼對我造成的痛苦，其實更甚於拳打腳踢，但生出的叛逆壓過了恐懼，於是我開始與警察對抗。我從不乖乖挨罵。他們吼我，我更大聲吼回去。到某刻我便發現，那些人害怕我的程度，更甚於我對他們的恐懼。」

有一次他被關禁閉，那間極小的牢房以知名戰役地點為名，叫「基凡貢多」[50]。小酋長在禁閉房裡發現一隻老鼠，把牠養了起來。他給老鼠取名為「光輝」，就一隻普通老鼠而言，這名字似乎有些過於樂觀，畢竟棕色的牠模樣賊頭賊腦，有一隻耳朵被咬傷，毛皮也慘不忍睹。小酋長回到一般牢房時，讓光輝窩在自己的右肩上，此舉招來部分獄友的訕笑，大多數人則不予理會。時值七〇年代末，聖保羅監獄各路人士雲集，場面非比尋常。作戰中遭到俘虜的美英傭兵，與落難的剛果國民軍流亡分子比鄰而居。極左派知識青年與老葡萄牙薩拉查主義者[51]交流意見。有些人走私鑽石被捕，有些人則是因為升旗沒有立正而入獄。有些囚犯曾經貴為黨內大老，並以自己與總統的交情為傲。

50 Kifangondo，位於魯安達省北部，一九七五年十一月十日，安人運與安解陣兩派的武裝部隊在此交戰，是安哥拉內戰開打後，首次大規模部署火箭炮的戰役。該日為葡萄牙殖民統治的最後一天，戰鬥進行數小時後，安哥拉即正式獲得獨立。

51 António Salazar（1899 - 1970），一九三二年至一九六八年擔任葡萄牙總理，實行獨裁統治，其勢力直到一九七四年康乃馨革命爆發後被推翻，是二十世紀西歐統治時間最長的專制政權。他的追隨者被稱為薩拉查主義者（Salararist）。

「昨天我才跟老大一起去釣魚呢。」其中一人向小酋長誇耀。「一旦發現這件事，他會立刻救我出去，然後逮捕那群找我麻煩的白痴。」

下個星期他就被槍決了。

許多人甚至不知道自己被控的罪名。有些人瘋了。那些審訊往往毫無章法、荒謬無比，彷彿審訊的目的不是要從拘禁者身上獲取資訊，而只是想折磨他們，讓他們錯亂。

在此情況下，一個人帶著一隻訓練有素的老鼠也不足為奇。小酋長照顧光輝，還教牠表演特技。他說：「坐下！」老鼠便坐下。他發號施令：「轉圈！」老鼠就開始轉圈。蒙特聽聞此事，親自到牢房探查。

「聽說你交了新朋友。」

小酋長默不作聲。他給自己訂下新規則，以後再也不回答政治警察的任何問題，除非對方開始叫囂。倘若遇到後者的情況，他也會高聲回擊，控訴對方為社會法西斯獨裁專政服務之類的。蒙特對囚犯的舉止感到相當惱火：

「我在跟你說話！該死的你把我當空氣？」

小酋長背過身去。蒙特氣炸了，他揪住小酋長的上衣，就在此時看到了光輝。他把老鼠抓起來，摔到地上一頓猛踩。那些年，在這同一座監獄牆內，犯下的巨大惡行不可勝數，相形之下，光輝的死太過渺小，不會有任何人因此受到打擊，除了小酋長。年輕人陷入深深的絕望，他鎮日躺臥在墊子上，一動不動，不發一語，對其他獄友漠不關心。他變得骨瘦如柴，根根突出的肋骨彷若基桑吉琴[52]的撥片。最後，別人不得不將他送去醫務室。

被捕時，納賽・伊凡傑利斯塔在瑪麗亞琵雅醫院擔任醫護工。他對政治不感興趣，全副注意力都集中在一名年輕護士身上。她叫蘇莉・米雷拉，以一雙修長美腿和安吉拉・戴維斯[53]式的圓蓬髮型最為出名，總是穿著大膽的迷你裙大方展露自己的美腿。女孩正與一名國安特務交往，卻也任由自己為醫護工的甜言蜜語芳心蕩漾。她的男友在盛怒之下，指控情敵與分裂分子掛勾。入獄後，納賽爾開始在

52 Kisanji（或quissange），一種安哥拉樂器。

53 Angela Davis（1944 -），美國馬克思主義及女性主義者，社會運動人士、哲學家、學者和作家，長年為美國共產黨成員，著有大量階級、性別、種族和美國監獄系統相關論述。

醫務室工作，目睹小酋長的情況，他深受感動。他獨自構思、籌劃了一個大膽而歡樂的計畫，就為了讓奄奄一息的年輕人重獲自由——好吧，相對上的自由。因為正如小酋長老愛掛在嘴邊的那句話：只要還有一個人在監獄裡，就沒有誰是自由的。

納賽為小酋長辦了死亡登記，名義是阿納多．克魯茲，十九歲，法律系學生，然後將「遺體」放入棺木。棺木被送往一位遠房表親處，此人實際上是小酋長參與的小黨派的同黨同志。他在十字高地墓園舉行了低調的儀式，將其下葬。當然，事先移出了裡頭的偷渡客。小酋長養成在所謂的忌日那天造訪墳前的習慣，為自己獻上鮮花。「對我來說，那是對生命脆弱本質的省思，也是一種他者性的小練習。」他向朋友們解釋。「我去到那裡，試著把自己當作親戚。我是，也確實是，我自己最親的親戚。我追憶他的缺點、他的優點，思考他是否值得我流淚，而我幾乎總會熱淚盈眶。」

幾個月後，警方發現這場騙局，隨後再次將他逮捕。

魯安達之謎

小酋長喜歡與賣手工藝品的小販聊天。他經常在塵土飛揚的小巷弄、成排的木造攤位間逛得流連忘返，仔細端詳來自剛果的布料、一千零一件描繪日落與巴圖卡答舞[54]的服飾，以及喬奎人[55]的面具，工藝師傅還會在多雨的月分將面具埋進土裡，讓它們看起來陳舊有年代感。有時他會買下一些自己甚至不喜歡的東西，只為延長談話的時間。他成立了一家製造與銷售手工藝品的公司，比起獲利考量，他更多是被其中團結串聯的精神所感動。他自己用黑木發想設計，再交由師傅複

54 Chokwe，非洲中部和南部的一個族群，主要分布於安哥拉、剛果民主共和國西南部和贊比亞西北部。
55 Batucada，森巴舞的一種，特點是重複的風格和快節奏。

製生產，產品在魯安達機場和致力於所謂「公平貿易」理念的小商店販售，銷售點遍及巴黎、倫敦、紐約，旗下雇用的工藝師傅有二十多名。他們有一件大獲成功的作品，是將安哥拉常見的傳統雕像「沉思者」封住嘴巴，人們稱之為「不思者」。

一天下午，小酋長穿越市場，但沒有太注意那些賣家，只是微笑對迎面打招呼的人點頭致意。熱情老爹的表演剛揭開序幕，福福在演唱一首猴麵包樹樂團[56]的老歌。酒吧裡座無虛席。見他到場，一名店員攜來一張摺疊椅，展開讓企業家落座。福福配合著節拍舞動，大嘴一張一合，觀眾都被逗笑了，看得如癡如醉。

這演出小酋長已經看過許多次。他知道熱情老爹流亡法國期間曾在馬戲團工作，毫無疑問，就是在那時發掘並練就了非凡的腹語術技巧，如今正好以此謀生。

「那是福福在說話！」他總是大笑堅稱。「唱歌的是福福，不是我。我教會牠說話，那時牠還很小。然後我又教牠唱歌。」

56 Orchestra Baobab，來自塞內加爾的樂團，是一九七〇年代非洲的代表樂團之一，風格融合了古巴和非洲傳統音樂。

「這樣的話，我們想聽牠在離你遠一點的地方唱唱看！」

「沒辦法！牠不會答應，牠是個害羞的小傢伙。」

小酋長一直等到演出結束。散場時觀眾仍興奮不已，為方才目睹的奇蹟深深著迷。企業家走近兩位表演者：

「恭喜！一次比一次精彩了。」

「謝謝。」河馬用帶有金屬感且富戲劇性的男中音道謝。「觀眾很捧場。」

小酋長撫拍牠的背：

「怎麼樣，小農場住得還習慣嗎？」

「我過得很開心，乾爹。那裡有很多水和泥巴可以讓我打滾。」

熱情老爹爆出宏亮的笑聲。他的好友也一起笑。福福像是在模仿他們，一邊搖晃腦袋，一邊用粗厚的腳掌在小舞台上踏步。

這家店的主人叫佩德羅．阿方索，他曾是游擊隊員，在一次地雷爆炸中失去了右腿，不過這絲毫無損他對舞蹈的熱愛，看他跳舞的模樣，你絕對想不到他穿著義肢。他聽見兩位好友的談笑也湊近過來，腳下不忘在夯土地板上描摹著華麗的倫巴舞步：

「上帝發明音樂好讓窮人也能快樂。」

他為自己和好友點了三杯啤酒：

「為窮人的快樂乾杯！」

小酋長抗議：

「那我怎麼辦？」

「你？啊，我總是忘記你有錢得很。在我們國家，財富最明顯的特徵往往是傲慢自大，但你完全沒有，金錢沒讓你沖昏頭。」

「感謝誇獎。你知道我是怎麼變有錢的嗎？」

「聽說有一隻鳥從天而降，落在你手上，然後吐出兩顆鑽石。」

「跟事實相去不遠。當時我宰了一隻鴿子來填飽肚子，結果在牠的嗉囊裡找到兩顆鑽石。而且幾天前，我發現鑽石的主人是誰了。」小酋長停頓片刻，享受著友人的驚呼。「鑽石的主人就住在我家隔壁，是一位葡萄牙老太太。她雖然富有，卻過了二十多年貧困的日子，而且還讓別人——讓我——發了財，自己卻毫不知情。」

他將故事娓娓道來，不遺漏任何細節和起伏轉折，不知道的部分就發揮天分自己編造，說得興味盎然。熱情老爹想知道老太太是否還留有幾顆鑽石。是的，企業家說，還剩下兩顆，因為太大顆了，沒有鴿子想要。後來葡萄牙女人將鑽石送給兩位穆庫巴牧人。「看來她應該認識那兩個鄉下人，天曉得怎麼認識的。魯安達確實神祕莫測。」

「沒錯。」佩德羅·阿方索附和。「我們的首都充滿了謎團。我在這座城裡見過的事，有些連作夢都想像不出來。」

蒙特之死

馬格諾．莫雷拉．蒙特是被衛星天線殺死的。他在安裝天線時從屋頂上摔了下來，那碟形天線隨後砸到了他頭上。有人將此事件視為映照近代歷史的諷刺寓言。前國安特務，象徵著安哥拉一段不堪回首的過往的最後遺毒，被未來迎頭擊垮：自由通訊戰勝了愚民政策、噤聲與審查；世界大同壓倒了地方主義。

瑪麗亞．克拉拉熱衷看巴西肥皂劇，但她的丈夫卻對電視興趣缺缺。電視節目的空洞無意義令他憤怒，新聞報導更教他火冒三丈。他會看足球比賽，支持安哥拉的八一隊和葡萄牙的本菲卡隊，偶爾也會一身睡衣拖鞋，坐在電視機前重看老黑白電影。相較之下，他更喜愛閱讀。他收藏上百本書，並打算在生命最後幾年，好好重讀若熱・阿瑪多、馬查多・德・阿西斯[57]、克萊莉・李斯佩朵[58]、羅安蒂諾・維耶拉[59]、魯伊・杜亞特・德卡瓦洛、胡立歐・科塔薩[60]、加布列・賈西亞・馬奎斯[61]的作品。

在他們搬家，遠離首都骯髒和嘈雜的空氣後，蒙特努力說服妻子別看電視。瑪麗亞・克拉拉同意了，畢竟她已經習慣配合對方。最初幾星期，兩人共享閱讀時光，一切看似安好。但瑪麗亞・克拉拉越來越悶悶不樂，經常跟朋友講上數小時的電話。於是蒙特決定購買衛星天線在家裡安裝。

嚴格說來，他是為愛而喪命的。

---

57 Joaquim Maria Machado de Assis（1839 - 1908），巴西先鋒小說家、詩人、劇作家和短篇小說作家，被公認為是巴西最偉大文學巨匠。

58 Clarice Lispector（1920 - 1977），巴西猶太裔作家，作品風格神祕晦澀，英語引介者譽其為卡夫卡以來最重要的猶太作家。

59 Luandino Vieira（1935 - ），安哥拉小說家。

60 Julio Cortázar（1914 - 1984），阿根廷作家、學者，拉丁美洲文學爆炸的代表人物之一。

61 Gabriel García Márquez（1927 - 2014），哥倫比亞文學家、記者、社會運動者，拉丁美洲魔幻現實文學代表人物，以《百年孤寂》奠定文壇不朽地位，一九八二年獲頒諾貝爾文學獎。

相會

瑪麗亞．達．皮達德．羅倫索是一個身材嬌小、生性緊張的女人，一頭疏於打理的灰褐色頭髮如雞冠般豎在頭上。露朵看不清她的五官細節，但確實注意到了那頂雞冠。她看起來好像一隻雞，她暗想，然後立刻後悔自己竟有如此念頭。女兒到訪前夕，她一連忐忑了好幾天，不過本人出現在面前的那一刻，露朵卻感到充滿平靜。露朵邀請她進門。客廳已經重新粉刷，新地板、新門板也裝設妥當，費用全都是鄰居阿納多．克魯茲出的，他還堅持一併送上家具。他從露朵手中買下公寓，授予她終身使用權，並承諾支付薩巴魯的學費，直到他完成大學學業。

女人進屋。她坐在椅子上，全身緊繃，手裡像抓救生圈一樣緊捏著手提包。薩巴魯去端茶和餅乾。

「我不知道該怎麼稱呼你才好。」

「你可以叫我露朵薇卡，我的名字。」

「有一天我能叫你媽媽嗎？」

露朵雙手緊緊捂著肚子。透過窗，她可以看見非洲無花果樹最高的枝椏。樹梢是靜止的，沒有一點風來打擾。

「我知道自己沒有任何藉口。」她喃喃說道。「當時我很年輕，又嚇壞了，但不代表我的所作所為是對的。」

瑪麗亞．達．皮達德將自己的椅子拉靠近，伸出右手覆上露朵的膝蓋。

「我來魯安達不是為了討債，我是來見你的，我想帶你回我們的國家。」

露朵握住她的手。

「孩子，這裡就是我的國家。我已經沒有其他國家了。」

她指著那棵非洲無花果樹。

「我看著那棵樹拔高，那棵樹見證我衰老，我們經常聊天。」

「你在阿威羅肯定還有親人吧？」

「親人？」

「像是家人、朋友之類的。」

露朵朝薩巴魯一笑。他埋在一張沙發裡，專心注意她們的一舉一動。

「我的親人是這個孩子，是外頭那棵非洲無花果樹，還有一隻幽靈狗。我的視力一天比一天差，鄰居的一位眼科醫師朋友來家裡幫我檢查，說我再怎麼樣都不會完全失明。我仍然保有周邊視覺，我永遠都能感覺到光，而這個國家的光像暴徒一樣猛烈。無論如何，只要有光，有薩巴魯讀書給我聽，有每天吃一顆石榴的喜悅，我已別無所求。」

一隻名為愛的鴿子

那隻改變小酋長一生（亦為他平息飢餓）的鴿子名叫「愛」。覺得荒唐嗎？找瑪麗亞．克拉拉抱怨去，名字是她取的。獨立前後，這位馬格諾．莫雷拉．蒙特未來的妻子還在高中就讀，她的父親歐拉修．卡皮唐是海關人員，熱衷飼養信鴿。當年，由瑪麗亞．克拉拉命名的鴿子往往能夠奪冠。在「愛」之前，便有「親愛」（一九六八年）、「多情」（一九七一年）、「鬧哄哄」（一九七三）和「魔法」（一九七三）的例子。愛還在蛋裡尚未孵化時，一度險些遭到丟棄。「這顆不好。」歐拉修．卡皮唐向女兒解釋。「看它的殼，皺巴巴的，又粗厚暗沉。健康強壯會飛的鴿子，一定是從光滑明亮的蛋殼裡孵出來的。」

女孩用她的纖長玉指轉動掌中的鴿蛋，預言道：

「爸爸，這隻鴿子將來會成為冠軍。我要幫牠取名叫『愛』。」

愛真的開始長大。不幸的是，牠長過頭了。見牠胖墩墩的比同一窩鴿子碩大許多，歐拉修．卡皮唐再度搖頭：

「我們應該吃了牠。大鴿子只能在速度賽有點機會，長距離就沒轍了。」

他錯了。愛沒有辜負瑪麗亞．克拉拉的期望。一九七四和一九七五年是牠最輝煌的時期，牠充分了證明自己的速度、堅毅，以及對鴿舍根深柢固的感情。

「這小王八蛋展現了牠對自家地盤的執著。」歐拉修．卡皮唐總算給予認可。

「戀家是會飛的優秀鴿子最重要的特徵。」

站在鏡子前，歐拉修．卡皮唐看見一個高大、肌肉強健的男人。但他不是那副模樣，還恰恰相反。他身高僅一百六十公分出頭，瘦弱的胳臂，窄肩，小鳥般的骨頭。然而無論面對什麼，他絕不退縮，只要有機會，他會先揮第一拳，然後用脆弱的肉體承接對手的拳頭，他忍受劇烈的疼痛，但始終站得如巨人像一般挺直。歐拉修．卡皮唐出生於魯安達一個小資產階級的麥士蒂索混血家庭，而且只去過一次葡萄牙。儘管如此，他仍認為，用他自己的話來說，他認為自己是徹頭徹尾的葡萄牙人。四月革命令他既憤怒又震驚。有時憤怒多些，有時震驚多些，他時而茫然望著天空，時而痛斥那些計畫將安哥拉賣給蘇維埃帝國的無恥叛徒和共產黨人。他驚駭地目睹內戰的展開、安人運以及其古巴盟友和東方集團的勝利。他大可像許多人一樣前往里斯本，但他不想：

「只要這個國家還有一個真正的葡萄牙人，安哥拉就依然是葡萄牙的。」

獨立後的那幾個月，他曾預言的悲劇在眼前輪番上演：殖民者與大部分當地資產階級逃離，工廠及小企業倒閉，水電供應和垃圾處理系統崩潰，大規模的組捕入獄，以及槍決。他不再待在鴿舍，而是成天往「摩托騎士」酒吧跑。「我不是說過了嗎？」他經常對他為數不多的幾個朋友這麼說。他們大多是前公務員，也仍舊在這間老啤酒館消磨時間。他變得相當易怒，總是一再重複同樣的責難、同樣的悲觀預言，從某個時候起，大家都開始叫他「說過了先生」。

一個雨濛濛的早晨，歐拉修．卡皮唐翻開報紙，發現一張造勢集會的照片。在最前面，他看見瑪麗亞．克拉拉在擁抱馬格諾．莫雷拉．蒙特。他連忙奔去酒吧，將報紙拿給亞圖．奎維多看。奎維多曾經當過葡萄牙政治警察的線民，獨立後在新興的資訊安全服務業接零活。

「你認識這個人嗎？這傢伙是誰？」

奎維多望著自己的朋友，倍感同情。

「他是狂熱的共產主義者。共產主義者當中最糟的那種：頭腦聰明，意志堅定，而且對葡萄牙人恨之入骨。」

歐拉修失魂落魄地趕回家。他的寶貝女兒，他的小公主，竟然落入顛覆分子的魔爪，這要他如何向逝去的妻子交代？他越接近家裡心跳越是急促，不由得怒火中燒，一開門便大聲嚷嚷：

「瑪麗亞．克拉拉！」

他的女兒步出廚房，在圍裙上抹了抹手。

「爸？」

「你現在立刻開始打包行李。我們要去里斯本。」

「什麼？」

瑪麗亞．克拉拉十七歲了。她遺傳了母親的嫻雅，父親的膽識和固執。蒙特比她年長八歲，他在一九七四年，也就是那激昂的一年，曾擔任她的葡萄牙語教師。歐拉修所有的缺點換到蒙特身上，都成了她心儀的特質。她也任由自己被老師低沉的嗓音吸引，這嗓音在課堂上朗讀喬塞·雷吉奧[62]的詩句：

我的生命是脫韁的狂風／是升騰的潮浪／是新生的原子日益激昂……／我不知道要前往何方／不知道該循走的道路——但我知道那裡絕不是我的去處！

女孩脫下圍裙，憤怒地用力一踩：

「那麼你自己去。我不會離開我的國家。」

歐拉修甩了她一巴掌：

「你十七歲，你是我女兒，你必須聽我的話照做。現在你不准離開家門，我不會再讓你犯下更多蠢事。」

62 José Régio（1901 - 1969），葡萄牙詩人、作家、學者，創辦現代主義運動刊物《現場》（Presença）。

他囑咐女傭別讓瑪麗亞．克拉拉出門，自己則去買了機票。他以離譜的價格把車賣給亞圖．奎維多，並交給他一份房子的鑰匙：

「每天進去把窗戶打開、澆花，別人就會以為房子還有人住。我可不希望我家被共產黨給占了。」

在此之前，瑪麗亞．克拉拉已經藉鴿子與愛人通信好幾星期了。自從歐拉修開始接到匿名電話的死亡威脅後，他就切斷了電話線。這些恐嚇與政治活動無關，不是這個原因，海關人員懷疑的是某位妒恨他的同事。這段期間，蒙特經常赴各地執行祕密任務，有時還得深入戰區。此時獨力照料鴿舍的瑪麗亞．克拉拉給了他三四隻鴿子，他會在黃昏時分送出信鴿，鴿腿上繫著他的情詩與簡短近況。

瑪麗亞．克拉拉成功透過女傭給一位女性朋友捎了訊息，請她去找蒙特。友人找到蒙特時，他人在維亞納調查軍事叛變的傳言，其中涉嫌謀反的黑人軍官，因為軍隊高層被白人及麥士蒂索人勢力壟斷，故而心生不滿。蒙特坐下寫道：

明天六點，老地方。小心點，我愛你。

他將短信放入小塑膠管，固定在他帶來的兩隻鴿子其中一隻的右腳上，把牠放了。

瑪麗亞沒有等到回覆。她哭了一整夜。前往機場的路上，她沒有做出任何反抗。直到在里斯本下機，她都沒說一句話。但她並未在葡萄牙首都待上太久。滿十八歲的五個月後，她就返回魯安達與蒙特結婚。歐拉修嚥下這口氣，也收拾行李跟著女兒回來。很久以後他才知道，獨立後那段動盪的日子，他未來的女婿曾多次為他擋下牢獄之災。他從來不曾為此道謝，然而在蒙特的葬禮上，他是流最多淚的人之一。

上帝用天平秤量靈魂，一個碟子放著靈魂，另一個碟子則是為這個靈魂掉的淚。如果沒有人為這個靈魂哭泣，它就要下地獄。如果眼淚夠多且夠真誠，靈魂就會上天堂。露朵是這麼相信的，或者說她願意相信。她對薩巴魯說：

「被想念的人才會上天堂。天堂就是我們在他人心中占據的空間。這是我奶奶告訴我的。我不相信。我很希望相信這麼簡單的事，但我缺乏信仰。」

為蒙特哭泣的人不少，但我難以想像他會上天堂。但或許，他正在某個浩瀚無邊的隱密角落滌罪，在天堂的寧靜光輝和地獄扭曲的黑暗之間，與看守他的天使下棋。如果天使們會下棋，甚至下得好，對他而言那便近乎天堂了。

至於歐拉修·卡皮唐，我們的「說過了先生」，每天下午，他會來到島區的破酒吧，與詩人維多里諾·加維昂、亞圖·奎維多和另外兩三個舊時代的老古董湊在一塊兒，喝啤酒，談政治。至今他仍不承認安哥拉獨立。他認為，如同共產主義的瓦解，總有一天獨立也會告終。他仍然在養鴿子。

劊子手傑雷米亞的自白

讓我們回到那個早上：納賽・伊凡傑利斯塔被黑暗回聲吞噬，衝向蒙特並刺了他。你也許記得，聚集在露朵家門口亂成一團的那群人當中，有兩個格外顯眼的黑衣男人。在蒙特可鄙的遁逃以及拜亞庫（亦相當匆忙的）離去後，老太太注意到那兩人。她注意到了，但無法得知他們為何而來，因為此時丹尼爾・班奇莫已經讀起瑪麗亞・達・皮達德・洛倫索寫給《安哥拉日報》總編輯的信。

那兩人等記者讀完信。他們默默地見證露朵的悲痛，看著她以手背拭去淚水。最後，班奇莫告辭，並答應寫信給瑪麗亞・達・皮達德，兩人才走上前來。年長的那位向露朵伸出手，但說話的是年輕人：

「阿姨，我們可以進去嗎？」

「兩位有什麼事嗎？」

傑雷米亞．卡拉斯科從外套口袋取出筆記本，飛快地在上面寫了什麼，拿到露朵面前。女人搖搖頭：

「我看得出來這是筆記本，但上面的字我已經閱讀不了了。你沒辦法說話嗎？」年輕人朗聲唸道：

「請讓我們進去。我需要你的原諒，以及你的幫助。」

露朵頑固地直視對方：

「我沒有讓你們坐的地方，這裡已經有三十年沒有訪客了。」

傑雷米亞又寫了一些，把筆記本遞給兒子看。

「我們站著就好。我父親說，即便是最好的椅子，也未必有助於對話。」

露朵讓他們進門。薩巴魯取來四個舊油罐，他們就坐在上面。傑雷米亞驚恐地望著水泥地面，還有被木炭塗得烏黑的牆壁。他脫下帽子，剃得光禿的頭頂在昏暗光線中發亮。他又在筆記本裡寫起來。

「你姐姐和姐夫死於一場車禍。」兒子讀道。「是我的錯。我害死了他們。

戰爭初期，我在威熱認識了刺蝟。是他主動找上我的，有人向他介紹我。他需要我幫忙策畫行竊，對象是安哥拉鑽石公司，要幹得乾淨漂亮，不傷及任何人，不造成混亂。我們達成協議，到手後一半鑽石歸我。我履行了份內的工作，順利成功，但老刺蝟竟然在最後一刻自己跑了，我落得空手而歸。他沒料到我會一路追到魯安達，他不了解我。當時，魯安達被蒙博托的軍隊和我們自己的人民包圍，我冒險進城，真是瘋狂的行動，經過兩三天四處搜尋，終於在島區的一場宴會上找到他。他一見到我就逃跑。我開車追趕，就像電影情節一樣，然後他駛出馬路，撞上一棵樹。你姐姐當場身亡。刺蝟道出鑽石藏匿處後才嚥氣。我非常抱歉。」

安東尼奧讀得有些吃力。也許是因為光線昏暗，也許是他不習慣閱讀，也許是他難以相信其中敘述的內容。讀畢，他抬頭望向父親，眼裡滿是驚訝。老人背倚著牆，有點呼吸困難。他從安東尼奧手中拿過筆記本，繼續寫。露朵抬起手，做了一個模糊的、似是痛苦的手勢，試圖阻止他：

「不要再折磨自己了。錯誤會改正我們。也許我們需要忘記。我們應該練習遺忘。」

傑雷米亞氣憤搖頭。他在小筆記本上又潦草寫下幾個字，遞給兒子：

「我父親不想忘記。他說，遺忘是死亡。遺忘就是投降。」

老人又寫。

「父親要我談談我的族人。他希望我告訴你關於牛的事，牛是我們的財富，但牠們並非買賣的商品。我們喜歡聽牛的叫聲。」

獨自待在穆庫巴族的這段時間，傑雷米亞重生了。他不是重生為另一個人，而是眾人——他成為另一個民族。在那之前，他總是被他人包圍，最好的情況，也不過是他摟抱著別人。在沙漠中，他第一次感覺到自己是整體的一分子。有些生物學家主張，一隻蜜蜂、一隻螞蟻，都只是某一個體的可移動細胞，真正的生物體是蜂巢和蟻穴。穆庫巴人也是如此，他們無法脫離族人單獨生存。

安東尼奧艱難地讀著父親的說明時，露朵腦中浮現出費爾南多．佩索亞[63]

63 Fernando Pessoa（1888 - 1935），葡萄牙詩人與作家，美國文學評論家哈羅德．布魯姆在《西方正典》中形容他與聶魯達最能代表二十世紀的詩人。

的詩句：

我為星星感到難過／它們閃耀了那麼久／那麼、那麼地久……／我為星星感到難過。／難道事物／一切萬物／不會感到一種委頓／如同我們的手腳？／一種生存的疲憊／存在的疲憊／僅只是存在／無論悲喜……／難道一切萬物／最終沒有什麼／除了死亡以外的／某種終結？／譬如更崇高的目的／某種赦免？

安東尼奧說起新地主，談到鐵絲網如何分割沙漠，切斷通往牧場的道路。選擇砲火相向導致可怕的戰爭，使穆庫巴人失去牛隻，失去靈魂，失去自由。這是一九四〇年的慘痛經驗，葡萄牙人幾乎將穆庫巴人趕盡殺絕，倖活者則淪為奴隸，送往聖多美的種植園。另一個解決方案，傑雷米亞說，就是買下土地。這片土地過去屬於庫瓦勒族、辛巴族、穆查維瓜族，今日卻為將軍和富商所有，這些人多半與南方廣闊的天空毫無關係。

露朵站起身，取來餘下的兩顆鑽石，遞給傑雷米亞。

意外

照鏡子時，我經常看到他在我身後。現在沒了。也許是我的視力太差（眼盲的好處），也許是因為換了鏡子。一收到售出公寓的款項，我就購置新鏡子，把舊的全部扔掉。鄰居對此感到納悶：

「鏡子不是你家唯一堪用的東西嗎？」

「才不是！」我很生氣。「那些鏡子裡有鬼！」

「有鬼？」

「對。我親愛的鄰居，鏡子裡鬼影幢幢，它們孤獨太久了。」

我不願告訴他的是，照鏡子時，我經常看見那個強暴我的男人赫然出現，籠罩著我。過去我還出門的時候，我的生活與常人無異。我騎自行車上學。夏天，我們會在科斯塔諾瓦租一間度假屋，我會去游泳，我喜歡游泳。一日下午，我們從海邊返家，我發現剛才在讀的書不見了。我一個人回頭去找。沙灘上有一排海灘小屋，當時天色漸暗，人煙散盡。我走向我們使用的那間，進去。我聽見一個聲音，轉過頭，只見一個男人站在門口對我笑。我認得他，我看過他在酒吧跟父親玩牌。我想說明自己的來意但根本沒有機會，剛要開口，他就已經壓到了我身上。他扯裂我的洋裝，撕破我的內褲，進入了我。我記得那個味道。還有他粗糙乾硬的手擠壓著我的乳房。我尖叫。他甩我巴掌，用力而有節奏地打我，沒有恨意，不帶怒氣，彷彿只是很享受。我再也發不出聲音。我哭啼啼回到家，衣服破爛，鼻青臉腫，渾身是血。父親明白了一切。氣瘋了。他打我耳光。他一邊用皮帶抽我，一邊對我嘶吼：妓女！蕩婦！賤貨！直到今天我還能聽見他的聲音。妓女！妓女！

母親緊抓著他。姐姐淚流滿面。

我不曾確知強暴我的男人後來怎麼了。他是漁夫。有人說他逃去西班牙。他消失得無影無蹤。而我懷孕了。我把自己關在房間裡。他們把我關在房間裡。我聽見外頭的竊竊私語。時候到了，一個產婆來幫我。我甚至沒能看見女兒的臉，他們就把她從我身邊帶走了。

羞恥。

阻擋我出門的是羞恥。父親直到死前都沒再跟我說過一句話。假如我出現在客廳，他便起身走避。幾年後，他過世了。不出幾個月，母親也追隨他的腳步。我搬進姐姐家。我漸漸忘記自己。日復一日我想念自己的孩子。日復一日我教自己不去想她。

出門時我再也無法不感到深刻入骨的羞恥。

現在都過去了。我在外頭不再感到恥辱，不再害怕。上街時，小販們會跟我寒暄，他們對我展露笑顏，好像我們是一家人。

孩子們會拉我的手跟我玩，不知是因為我實在太老，或是因為我跟他們一樣還是孩子呢。

最後的話

我憑感覺摸索著寫字。這體驗很奇妙，因為我看不見自己寫了什麼。所以，我不是為自己而寫。

那麼我是為誰而寫？

我是寫給過去的自己。也許那個我以為拋下的人，她從未離去。她仍靜靜的，憂悒的，佇立在某座時間的閣樓，一處轉彎，或一個十字路口，而她能藉由某種神祕的方式讀到此刻我寫下的話，儘管我自己看不到。

露朵，親愛的：我現在很幸福。

雖然我快瞎了，我卻看得比你清楚。我為你的盲目、為你的無比愚昧流淚。

你原本可以打開門，走上街擁抱生命，如此簡單。但我看見你提心吊膽地凝看窗外，像一個藏在床底窺視，害怕怪物出現的孩子。

怪物，怪物在哪？街上的人群。

我們的人民。

我很遺憾你錯過了這麼多。

我很遺憾。

但不快樂的人類不就像你這樣嗎？

夢是一切的開始

夢裡，露朵是個小女孩，她坐在一片白沙灘上，薩巴魯的頭枕著她的腿，凝望大海。他們訴說過去與未來，交換彼此的回憶，笑談兩人奇異的相遇。他們迸出的笑聲震動空氣，猶如昏沉未醒的早晨裡，一行飛鳥閃耀。薩巴魯站了起來：

「白天誕生了。露朵，我們走吧。」

於是他們出發。他們朝著光走去，有說有笑的，就像兩個即將啟航出海的人。

二〇一二年二月五日於里斯本

致謝與參考資料

二〇〇四年，一個如今顯得遙遠的下午，電影導演喬治·安東尼奧邀請我為一部預計在安哥拉拍攝的劇情長片撰寫劇本。我說了一個葡萄牙女人的故事，她在一九七五年獨立前夕，因為懼於時局發展，砌牆把自己封閉起來。拜喬治的熱情響應所賜，我真的寫了劇本，儘管電影最終沒有拍成，但故事的原始架構成為這部小說的源頭。寫作庫瓦勒族的章節時，我在魯伊·杜亞特·德卡瓦洛的詩作及其精湛無比的文章〈航行通告——庫瓦勒牧民初探〉中找到重要的靈感。

本書的寫作得益於諸多人士的鼎力相助。我要特別感謝我的父母，他們一直是我最早的讀者，也要感謝派翠西亞·雷斯（Patrícia Reis）以及勞拉·隆萊（Lara

Longle）。最後，我要感謝巴西詩人克莉絲蒂娜．諾芙瓦，謝謝她應我的請求寫下〈俳句〉、〈驅魔〉兩章露朵的詩。

【導讀】

一起變成別人吧！

——宛如犯罪小說的龍捲風式國族敘事

張亦絢（作家）

閱讀《遺忘之書》，我不假思索地，就會想到以撒．辛格的意第緒語小說《盧布林的魔術師》——這兩部小說中的主人翁，都採取了世人眼中非常極端、近乎荒謬的「自囚」。但兩者還是有許多不同。在《盧布林的魔術師》裡，「自囚室」在尾聲出現，魔術師的妻子還為他送三餐——他為什麼這樣做？辛格透過描寫心理活動，透露一二。

《遺忘之書》中，露朵在豪宅中砌了封死自己的牆，即使到陽台時，也套上只露出眼睛的紙箱，坐吃山空的她會如何？懸疑十足。不同於交際廣闊的魔術師，小說起始就道，露朵因為某個「意外事件」，向來就封閉——「退避三舍」不像魔術師「激烈的反對自己」，而更像一個人，在原有的性格上「變本加厲」，這是真的嗎？她的「孤島行動」位於小說開篇——相較於傳統經典，安哥拉青壯世代小說家阿瓜盧薩的書寫，更近主張「反溢寫」的卡波提——節奏明快、行動不斷——但是心裡話？不，即便露朵寫日記，這仍不是掏心掏肺的小說——它甚至讓我想到推理大師漢密特——沒錯，要說《遺忘之書》是犯罪小說也可：失竊的鑽石、倒掛的數字、奇怪的飛鴿、乖張的帽子、反叛的毒蛇，警察、謀殺與無止盡的掩護逃亡……。

在安哥拉的獨立日前夕

上述特質，或許不易令人想到非洲國家獨立運動史？露朵出場沒多久，她就隨嫁給安哥拉人奧蘭多的姐姐奧黛特，從葡萄牙的阿威羅，到了魯安達，面對安哥拉的獨立風潮。奧蘭多是藏書豐富又多金的採礦工程師，老家與魯安達「安人運」（安哥拉人民解放運動）領導者內圖（Neto）都在卡戴特。安哥拉人與葡萄牙人的安葡婚普遍嗎？不清楚。但內圖的妻子也是葡萄牙人。奧黛特口中的「恐怖份子」，奧蘭多讚許他們「為國家自由奮鬥」。奧蘭多還可以連著幾小時敘述「殖民者對非洲人犯下的罪行」，直到妻子回房哭泣。奧蘭多被殖民卻父權，相對地，小說家對葡萄牙姐妹的描繪很節制，從沒稱她們為種族主義者——但無疑她們是。姐姐嫌惡奧蘭特的親戚「講話像黑人」，露朵「不願做黑人菜」。奧蘭多是「白皮黑骨」。

安哥拉獨立後，大批殖民者離開安哥拉，也有人轉往巴西者，因為「討厭共產黨」——這也是奧蘭多的心結，他想要國家，但對共黨有疑慮。他在獨立日前兩天一反「與安哥拉生死與共」的態度，決定一家三人拋棄安哥拉飛往里斯本，夫妻倆卻在參加餞別宴當夜失蹤。這種反常，大大激起我們對安哥拉政治情勢的興趣。

在世界史中，安哥拉的重要性是多重的。一九七〇年代，葡萄牙除了是歐洲的窮國，還是加入北約的獨裁政體，在其殖民下的安哥拉稱「葡屬西非」。二戰後的美蘇強權，並非嚴謹定義裡的殖民帝國，相反地，它們都曾各自以「反殖民」為取得市場或支配權建立合法性。雖然我們在談文化殖民時，習慣指稱美國也是殖民主義者，但「戰後兩強」與歐洲列「殖」的擴張，並不完全相同。如果說英法開放其殖民地的政治參與，帶有招降的奸巧，葡萄牙的薩拉查（Salazar）則禁止殖民地上的政治活動，並以殘酷對待異議者著名。直到康乃馨革命，才使殖民地抗爭出現轉機。安哥拉的獨立日為一九七五年十一月十一日，前一日南非還對其空襲。獨立日就成立了兩個「國家」，內圖領導的「安哥拉人民共和國」，薩文比代表的「安哥拉民主人民共和國」。後來薩文比失勢，與美國參院投票反對增撥祕密行動基金給中情局，以及南非介入被曝光兩事，應該有關。「〔……〕原批評蘇聯、古巴的非洲諸領袖，當時對南非的介入和中情局的角色都不知情，但這時他們開始從較接受的角度另眼看待蘇聯的行動。」[64]這也是看待安哥拉親共比親美反共更符合「政治觀感」的背景——與美國同一陣線的南非，當時可是惡毒的種族歧視力量（曼德拉還在牢中）。

安哥拉由內圖主政後，三方內戰多年。剛果（薩伊）的「大掠奪者」蒙博多，支持上述兩者之外的羅貝托——蒙博多在小說中出現，是因迫害過薩伊音樂家

64 馬丁．梅雷蒂斯（Martin Meredith），《非洲：六十年的獨立史》（上下卷），衛城出版，2017。上冊，頁370。

——有些薩伊人也是安哥拉人——安哥拉是多族群之國。小說提到時尚抗爭「薩普」，與蒙博多曾強制男子服儀的規定應也有關。

自體分裂與自發的今生輪迴

蒙特是非常服從新成立國家的「中流砥柱」。傑雷米亞是對安哥拉獨立趕盡殺絕的葡萄牙殖民勢力軍人。小酋長心繫安哥拉，很難說他和蒙特之間為何必須「你死我活」——更核心的衝突，可能是先天的「不服從性」。阿瓜盧薩描寫若干人力挺小酋長，完全不是因為什麼政治思想，而是「不爽蒙特」——無論他們在蒙特身上看到的是「特務」或「思想警察」——結果，傑雷米亞與小酋長兩個南轅北轍的人，一個愛殖民一個反殖民，只要碰到蒙特，都像亞哈船長與白鯨。至此，小說最多作為鮮活的國族敘事——但阿瓜盧薩的奇蹟筆法，如龍捲風般，將我們拔離了地平線：因為，人物最後都「獲贈」一個「非自我」，或說「相反的我」。

佩索亞的「異名性」或「在自我之間流浪」的激進自體分裂概念，在此與某種「解殖」接隼。一個人在此生「判若兩人」——乍看彷佛宗教所謂「不可思議」或「立地成佛」才能解釋。但在歷史上，這也不是完全不存在。比如，以自由主義傳世的台灣學者殷海光，自承少年甚至思想近於法西斯。像「周處除三害」這類民間故事，也反映人們心底深處的渴盼：我們希望脱胎換骨或除舊布新的人生可以成真。我稱這種震撼為「自發的今生輪迴」——它與宗教的輪迴形成某種悖論，因為宗教輪迴並非自發，也不著眼在今生。芥川龍之介的〈杜子春〉的前半段就是上述現象的反例：杜子春每有新機會，必重蹈覆轍，必執迷不悟。——早年「學不會教訓」的子春，可說令人感到哀慟逾恆。在若干關於轉型正義的小說裡，「大變身」往往與規避罪行有關，但這不是阿瓜盧薩筆下「反杜子春」式人物的型態——神奇與澈悟並非變魔術，「償還罪債」並非一種「行為」，而是「整個生命」——阿瓜盧薩往往只以三兩句話勾勒「洗心革面」，難的不只是如何讓讀者感到「突變」合情合理，還包括了做到了如童話般不說教，寓意卻深遠。

若不是因為露朵姐姐的婚姻，姐妹倆對安哥拉的變化，基本上是排拒的。但是對於近乎與世無爭的露朵來說，很難說「不融入」，能造成什麼傷害。然而，一個暴力事件導致露朵無法再是局外人。——在眾人的「今生輪迴」中，露朵的歷程，可說最為震撼人。她從一個與安哥拉社會甚少交流的葡萄牙女人，變成認定「這裡就是我的國家。我已經沒有其他國家了。」——如此激烈的變化發生在露朵禁閉多年間，一反我們相信的認同或生根必須靠頻繁的互動——如果有「內在流亡」這種現象存在，那麼，也可能有「內在本土」——這與教化或生存壓力無關，露朵沒有追隨任何人，她的認同非常個人，就像她的指紋一般獨一無二，也如她的指紋難以磨滅。讀者可以順著情節，進行理解。在此我只提幾個文學上的參考。

文學史中的離奇開槍事件

關於「離奇開槍」，由於故事發生在非洲的殖民地，卡繆《異鄉人》中「白花花的陽光」可能最快浮現腦海。不過，我想提的是斯湯達爾的《紅與黑》。《遺忘之書》裡的「謀殺」，表面很通俗：時代氣氛緊張，又有像搶劫的情境——這些都不「離奇」。所謂「離奇」是在「開槍」與「殺意」之間的反差——這個部分，法律通常不做分別，除非當事人智能不足，開槍自然等於殺意。但文學對此有更複雜的層次探索。在《紅與黑》裡，第一時間裡，朱利安對槍殺他人可謂一點遲疑也沒有。「離奇」的是在之後：他既不希望他開槍的對象死去，甚至對自我開始了探索——到了明瞭對所殺對象的深愛。他的自我對話中，唯一不含的就是對開槍一瞬的開脫。杜斯妥也夫斯基也敘述過如下場景——有人跑去暗殺沙皇或貴族這類「反革命」，但對方一受傷又自動開始搶救，簡直不知在暗殺什麼。露朵不像朱利安一樣認識開槍的對象，但相似的是，在開槍之後，表現地完全不像希望對方死去——露朵在葡萄牙的「前生」，似乎給了露朵的防衛更強的辯護——但更重要並值得深思的是，露朵本人並不作此想。她從來沒用自己是被害者的角度，看待「開槍瞬間」——這也是她外在處於殖民高峰（殺戮），實質卻又與殖民主義脫鉤的弔詭。

露朵在被七歲的薩巴魯問道，是否不喜歡人時，哭了起來。我以為，在扣扳機很久之前，露朵就很「暴力」了。——這不是因為她本身性格，而是她被迫內化加諸己身的性別暴力——在安哥拉獨立前日發生的事件當然是悲劇。——然而，從她被迫接觸現實的角度來看——就算那人瀕死，就算她成兇手，她以他人性命為代價地，依然進入了「重生」。如果說露朵是非她所願地嵌入了安哥拉的歷史，她仍是不迴避地嵌入了——薩巴魯，一個再次非法入侵的「娃娃」（對照獨立前日敲門喪命的「大娃娃」），救她一命且比她還能說出她的心聲——這些安排都耐人尋味。

安哥拉以社會主義一黨專政的型態建國。九〇年代，放棄社會主義與一黨專政後，實行多黨政治。民主化的新走向，使《遺忘之書》得以揭露一黨專政期間的自由箝制。小說所謂的「遺忘」，其實帶有「記到不能記」的意味。小說認「他者性」不為自我延伸或偶一為之，而是本可換位的自我變革，顛覆了以種族或身分作為不可抗歸屬的想像，可說啟發性十足。

國家圖書館出版品預行編目資料

遺忘之書 / 喬塞 · 愛德華多 · 阿瓜盧薩 (José Eduardo Agualusa) 著 ;
李珮華譯 . -- 初版 . -- 臺北市 : 聯合文學 , 2023.8
232 面 ;14.8×21 公分 . --（聯合譯叢 ; 096）
譯自 : Teoria Geral do Esquecimento

ISBN 978-986-323-552-1（平裝）

886.8657 112011981

聯合譯叢 096

遺忘之書 Teoria Geral do Esquecimento

作　　者／喬塞 · 愛德華多 · 阿瓜盧薩 José Eduardo Agualusa
譯　　者／李珮華
發 行 人／張寶琴

總 編 輯／周昭翡
主　　編／蕭仁豪
編　　輯／林劭璜　王譽潤
資深美編／戴榮芝
業務部總經理／李文吉
發行助理／林昇儒
財 務 部／趙玉瑩　韋秀英
人事行政組／李懷瑩
版權管理／蕭仁豪

法律顧問／理律法律事務所
陳長文律師、蔣大中律師

出 版 者／聯合文學出版社股份有限公司
地　　址／(110)臺北市基隆路一段 178 號 10 樓
電　　話／(02)27666759 轉 5107
傳　　真／(02)27567914
郵撥帳號／ 17623526 聯合文學出版社股份有限公司
登 記 證／行政院新聞局局版臺業字第 6109 號
網　　址／http://unitas.udngroup.com.tw
E-mail:unitas@udngroup.com.tw

印 刷 廠／約書亞創藝有限公司
總 經 銷／聯合發行股份有限公司
地　　址／(231)新北市新店區寶橋路235巷6弄6號2樓
電　　話／(02)29178022

出版日期／ 2023 年 8 月　初版
定　　價／ 380 元

ISBN 978-986-323-552-1（平裝）